Viveca Sundvall, 1944 in Göteborg/Schweden geboren. Journalistin, Kinderbuchautorin, in jüngster Zeit auch Songschreiberin für eine Musikgruppe. Wurde für ihre Kinderbücher mit dem schwedischen Astrid-Lindgren-Preis, dem Nils-Holgersson-Preis und mit dem Heffaklumpen der schwedischen Zeitung »Expressen« ausgezeichnet.

Viveca Sundvall

ALLES WEGEN VALENTINO

Deutsch von Angelika Kutsch

Zeichnungen von Eva Eriksson

Verlag Friedrich Oetinger · Hamburg

Mehr von Eddie, Arne und Mimi könnt ihr lesen in den Büchern
Eddie und Maxon Jaxon
Mimi und die Kalte Hand
Mimi und der Millionärsklub

© Verlag Friedrich Oetinger, Hamburg 1993
Alle Rechte für die deutschsprachige Ausgabe vorbehalten
© Viveca Sundvall 1992 (Text)
© Eva Eriksson 1992 (Bild)
Die schwedische Originalausgabe erschien
bei Rabén & Sjögren Bokförlag, Stockholm,
unter dem Titel »En barkbåt till Eddie«
Einband und Illustrationen von Eva Eriksson
Gesamtherstellung: Ebner Ulm
Printed in Germany 1993

ISBN 3-7891-4705-2

Inhalt

Axel hat ein Ferkel gekriegt 7

Ein fleischfressender Hund 14

Lennart begegnet dem Teufel 24

Wieviel wiegt Fräulein Kröte? 33

Bloß keine Erkältungsschule! 41

Arne und Mimi haben ein Geheimnis 46

Hilf mir, Harne! 53

Hunfall-Haufnahme, Hasthma 64

Fünf Bier in Dänemark 71

Alle Mann an die Pumpen! 78

Stell dir vor, ein fliegender Hühnerhund 87

Eine Schildkröte im Schrank 96

Mimi kommt zu Besuch 104

Arne und Mimi haben ein neues Geheimnis 111

Riesenspaß in der Spieltherapie 118

Lennart und Eddie gucken sich den Himmel an 128

Klara kriegt ein Eis 137

Halt den Kopf kühl, Papa! 156

Axel hat ein Ferkel
gekriegt

Samstagmorgen, als Eddie zum Bach ging, waren kleine Eiskristalle am Briefkasten. Eddies Füße in den Turnschuhen waren eiskalt. Er hatte nur einen Strumpf gefunden, und dann konnte er auch gleich ganz ohne gehen. Wer will schon nur einen warmen Fuß haben? Die Wasserschildkröte Maxon Jonsson mußte zu Hause bleiben in ihrem großen Glas.

»Heute kannst du nicht mitkommen«, hatte Eddie geflüstert. »Es ist Herbst, und für dich ist es zu kalt am Bach. Du könntest Maul- und Klauenseuche kriegen, und das willst du doch nicht, oder?«

Die kleine Wasserschildkröte lag auf ihrem Stein, nur der kleine, spitze Schwanz war im Wasser. Sie betrachtete Eddie mit unergründlichem Blick.

»Ich geb dir auch ein bißchen Toastbrot«, sagte Eddie, »das ist gut für dich.«

Als er den Abhang zum Bach hinunterlief, war die Luft rauh und kalt, und Eddie bereute es fast, daß er hinausgegangen war. Er hatte ein Gefühl, als ob die kalte Luft geradewegs in seine Brust drang, obwohl er doch den dicken grauen Pullover unter Papas großem grauem Anorak anhatte. Aber es war ja auch wirklich nicht

7

warm. Zehn Grad auf dem Thermometer im Waschraum. Es würde sicher noch mindestens drei Stunden dauern, bis Arne aufwachte und Feuer im Küchenherd machte.

Am Samstagmorgen wollte er gern lange schlafen, deswegen durfte man sich nicht beschweren. Dann könnte es einem passieren, daß man das Feuer im Küchenherd selbst anmachen mußte. Es gab ja wirklich lustigere Beschäftigungen.

»Hallo, mein lieber, kleiner Bach!« rief Eddie, um sich ein bißchen aufzuwärmen.

Sonderbar, aus seinem Mund kam ein Rauchwölkchen, obwohl noch gar kein Winter war. Und es roch nach Zigarre! Eddie blieb stehen und kratzte sich am Kopf. Hatte er angefangen zu rauchen, ohne es selbst zu merken? War er ein richtiger Zigarren-Raucher geworden? Das war wirklich höchst merkwürdig. Vielleicht hatte er auch angefangen, Schnaps zu trinken, ohne es selbst zu merken. Wahrscheinlich war er Alkoholiker. Bekümmert setzte er sich in das verwelkte, glitschige Farnkraut. Er wollte auf keinen Fall ein Raucher und Schnapser werden!

»Hallo, Heddie! Komm mal her, ich hab eine Neuigkeit«, hörte er eine Stimme von der Brücke. Dort auf dem kleinen Steg über dem Bach saß Axel und rauchte eine Zigarre. Er war das, der so gerochen hatte!

Eddie stürzte zu ihm hin, und Axel hob ihn hoch und wirbelte ihn durch die Luft, daß Eddie fast keine Luft mehr bekam. Wahrscheinlich hatte er doch schon einen Raucherhusten, obwohl er erst sieben Jahre alt war. Eine ganze Weile mußte er still neben Axel stehen und nach Luft schnappen.

»Ich heiß aber nicht Heddie«, sagte er ganz ernst zu Axel. »Du hast Heddie und nicht Eddie gesagt.«

»Hab ich Heddie gesagt?« fragte Axel. »Entschuldige, ich bin ein bißchen durcheinander. Mir ist heute was Großartiges passiert, weißt du. Ich bin Papa geworden.«

»Papa?« Eddie kapierte gar nichts.

Papa – kann man das denn einfach so eines schönen Tages werden, wie man plötzlich erkältet ist oder ein Zahn wackelt?

Axel sah aus wie immer. Groß, zerzauste Haare, liebe Augen und eine altmodische graugrüne Jacke. Wenn Eddie nun auch Papa geworden war! Der Gedanke ließ ihn ganz schwindlig werden.

»Wie weißt du das? Daß du Papa geworden bist?« fragte Eddie mißtrauisch.

Axel hob Eddie wieder hoch und wirbelte ihn durch die Luft.

»Ich war dabei!« rief er glücklich. »Ein Mädchen, vier und ein halbes Kilo. Blaue Augen und rosa Zehen. Es sieht aus wie ein niedliches kleines Ferkel. Deswegen rauche ich jetzt eine Zigarre.«

Eddie guckte Axel ungläubig an und ließ sich in das Moos am Bachufer sinken.

»War die Polizistin dabei?« fragte er.

»Die Polizistin!« Axel lachte und setzte sich neben Eddie. »Natürlich war sie dabei. Sie ist doch meine Frau. Sie ist die Mama. Die Mutter! Oh, Heilige Mutter Gottes, wie bin ich glücklich!«

Axel legte sich längelang auf den Rücken ins kalte, nasse Moos und blinzelte zum grauen Novemberhimmel hinauf. Axel hatte sich verändert. Nichts würde mehr wie vorher sein.

Eddie starrte ihn an.

»Willst du noch oft Papa werden?« fragte er vorsichtig.

»Na klar«, sagte Axel. Er nahm einen tiefen Zug aus der Zigarre und blies den Rauch in Eddies Richtung. Sofort begann Eddie wieder zu husten.

»Oh, entschuldige«, rief Axel ängstlich und warf die Zigarre in den Bach. Sie gab ein leises Zischen von sich, als sie die Wasseroberfläche berührte, und dann schwamm sie davon zum Meer, zusammen mit roten und gelben Blättern. Eddie verfolgte die Zigarre mit den Augen, während er Axel zuhörte.

»Man muß eine Zigarre rauchen, wenn man Vater geworden ist. Sonst ziehe ich ja Schnupftabak vor. Zwanzig Kinder will ich haben, das sind also zwanzig Zigarren. Das muß der Mensch aushalten. Ein Kind zu gebären, das ist nicht gerade ein Tanz auf Rosen, junger Mann!«

»Warum bist du hier an meinem Bach und nicht bei diesem Ferkel?« fragte Eddie mit piepsiger Stimme.

»Das Personal in der Kinderklinik meinte, ich müßte mich ausruhen«, antwortete Axel stolz. »Man hat mir vorgeschlagen, einen Spaziergang zu machen, damit ich zu Kräften komme. Und da hab ich den Bus genommen und bin zum Bach gefahren. Guck mal, was ich mitgebracht habe.«

Aus seiner schmutzigen Windjacke mit den interessanten zahlreichen Taschen holte Axel ein glänzendes drahtloses Telefon.

Eddie kriegte ganz runde Augen.

»Ein Yuppie-Ohrpinsel!« rief er aus. »Kann man damit anrufen, wo man will?«

»Aber sicher, bitte schön«, sagte Axel und reichte Eddie das Telefon, der es eifrig mit beiden Händen ergriff und auf die Knöpfe zu drücken begann.

»Dann ruf ich Maxon Jaxon in Amerika an!« sagte er. »Die Nummer kenn ich.«

»Nein, nein, wir dürfen die Leitung nicht blockieren!« sagte Axel nervös und entriß Eddie das Telefon. Dann ließ er es in der Tasche verschwinden. »Es gehört meinem Schwager. Er hat es mir geliehen, damit das Krankenhaus mich erreichen kann, falls ich irgendwo helfen muß. Windeln und Stillen und Nabelschnur. Da gibt's jetzt viel zu tun.«

»Ich muß jetzt wohl gehen«, sagte Eddie.

Axel zuckte zusammen.

»Was ist denn mit dir los?« fragte er. »Interessierst du dich kein bißchen für mein niedliches Ferkelchen? Ich bin doch extra mit dem Bus rausgefahren, um einen Spaziergang am Bach zu machen, damit ich es dir als erstem erzählen kann. Du bist wirklich der allererste Freund, der erfährt, daß ich Papa geworden bin.«

In Eddies Gesicht leuchtete es auf.

»Wirklich?« fragte er. »Bin ich der allererste, der es erfährt?«

Axel setzte sich und dachte genau nach.

»Ja, nur die Leute im Krankenhaus haben es natürlich vor dir erfahren«, sagte er. »Und Stellas Mama und deren Lebensgefährte. Und der Busfahrer, mit dem ich gekommen bin.«

Eddie seufzte.

»Man kann sich nicht auf dich verlassen, Axel Jonsson«, sagte er. »Du hast mir übrigens mal erzählt, daß du das Baby erst im Frühling kriegst. Ich weiß genau, daß du es gesagt hast.«

»Hab ich das?« rief Axel aus. »Ich bin wirklich ein bißchen verrückt. Ich meinte natürlich Herbst. Wahrscheinlich wollte ich nicht zu sehr angeben. Vielleicht hab ich im Winter gesagt.«

»Ich weiß genau, daß du Frühling gesagt hast«, sagte Eddie. »Die Kühe kriegen ihre Kälber ja auch im Frühling. Zuerst hab ich gedacht, Stella ist eine Kuh, bevor ich wußte, daß sie eine Polizistin ist.«

Axel schien ihm nicht zuzuhören. Er saß da und starrte in die Luft und lächelte ein bißchen dumm vor sich hin.

»Ich muß jetzt jedenfalls gehen«, sagte Eddie und versuchte, seine eiskalten Zehen in den Turnschuhen zu bewegen.

»Ja, ich muß wohl auch bald nach Hause«, sagte Axel. »Da gibt's noch so viel zu erledigen. Ich muß einen Nuckel kaufen. Und dann muß ich mich noch um Valentino kümmern, Stellas Hund. Ich bin ihm ganz gleichgültig. Er sehnt sich nur nach Stella. Er mag nicht mal den Seewetterbericht im Radio hören, wie er das sonst gewohnt ist. Stella hat gedacht, sie könnte ihn mit in die Klinik nehmen. Aber das ging nun wirklich nicht. Dabei heißt es doch, die Krankenhäuser sind heute so modern! Wahrscheinlich muß ich Valentino Montag mit in die Schule bringen.«

»Das erlaubt dir der Direktor nie«, sagte Eddie mit vollkommen überzeugter Stimme. »Man darf ja nicht mal eine Wasserschildkröte mitbringen. Ich hab's versucht.«

Aber das interessierte Axel nicht. Er stocherte mit einem Stöckchen in der Erde herum und runzelte die Augenbrauen. Da ging Eddie auf kalten, kleinen Füßen davon. Den ganzen Weg am Bach entlang hüpfte er über die Steine und sah sich nur einmal um.

»Du kannst das Ferkel ja von mir grüßen!« rief er, obwohl seine Stimme gar nicht richtig wollte.

Erst gab Axel keine Antwort. Er winkte nur ein bißchen. Aber dann fuhr er hoch und rief Eddie eifrig zu:

»Willst du an irgendeinem Tag mal mit in die Klinik kommen, Eddie, und es besuchen?«

Eddie blieb stehen und dachte nach.

»Ich weiß nicht«, sagte er. »Ich glaub, ich kann kein Krankenhaus vertragen.«

Ein fleischfressender Hund

Als Eddie nach Hause kam, war Arne aufgestanden. Er saß am Küchentisch und knabberte an einem kalten Wiener Würstchen und studierte dabei einen Versandhauskatalog.

»Komm, ich will dir mal was zeigen, Eddie«, sagte er freundlich und zeigte auf ein Telefon, das aussah wie ein Hamburger. »So eins möchte ich in meinem Zimmer haben, ein Teleburger.«

»Dein Zimmer?« rief Eddie. »Ich wohn da doch auch.«

»Ich, ich, ich«, sagte Arne. »Denkst du immer bloß an dich! Du bist ein richtiger Egoist. Total beknackt.«

»Bin ich das?« fragte Eddie. Dann fiel ihm etwas ein. »Du, Arne«, sagte er, »willst du das Neueste wissen?«

»Ja, dein Hintern ist schmutzig, ist das nicht putzig?« sagte Arne blitzschnell. »Weißt du noch mehr? Deine Birne ist leer!«

»Axel, dein Lehrer hat ein Kind gekriegt.«

»Erzähl mir noch mehr, was ich nicht weiß«, sagte Arne und gähnte. Eddie war so erstaunt, daß er die Wurst fallen ließ, die er gerade aus einer Tüte genommen hatte. Arne warf ihm einen schnellen, strengen Blick zu, und Eddie hob die Wurst sofort vom Fußboden auf und wischte sie mit dem Anorakärmel ab.

»Aber das kannst du doch gar nicht wissen«, sagte er. »Ich hab es als erster erfahren. Axel hat es niemandem erzählt.«

Arne guckte seinen Bruder an und klopfte sich an die Stirn. »Man hat ja schließlich Nieren zum Denken. Ich hab doch gestern gesehen, wie Axels Alte in die Klinik gefahren ist. Und eine Tasche hatte sie auch dabei. Dicke Frauen, die mit großen Taschen im Taxi in die Klinik fahren, kriegen plötzlich Babys.«

Eddie mußte sich hinsetzen und eine Weile nachdenken.

»Aber diesmal ist es ein Ferkel geworden«, sagte er. »Axel Jonsson hat ein Ferkel gekriegt.«

»Das ist ja super!« sagte Arne. »Wo doch bald Weihnachten ist und alle Welt einen Schinken braucht.«

Eddie seufzte ein bißchen und ging seine Wasserschildkröte Maxon Jonsson mit einem Radieschenblatt füttern. Er hob sie aus dem Glas und küßte sie ganz oben auf den Panzer, und sie sah Eddie mit ihren kleinen Pfefferkornaugen freundlich an. Eddie saß lange mit der Schildkröte auf seinem Bett und wartete darauf, daß Arne noch was Geiles im Katalog entdecken würde, was er ihm zeigen könnte. Schließlich rief Arne – er hatte einen musikalischen Mini-Staubsauger mit Rückspiegel gefunden.

Es gab keine Klingel an der Tür zu ihrer Hütte. Leute aus der Stadt, die sich mit dem Leben auf dem Lande nicht so auskannten, wußten nicht, wie sie sich verhalten sollten. Sollte man etwa geradewegs hineingehen wie bei den Bauern in Fernseh-Serien aus der Steinzeit? Zuerst die Tür öffnen, seine Schuhe zwischen den lehmigen Holzpantoffeln im Vorraum abstellen und dann taktvoll an die nächste Tür klopfen? Oder sollte man abwarten, bis es jemandem einfiel herauszukommen, weil er etwas zu erledigen hatte?

Solche Probleme hatte der Besucher nicht, der an diesem Abend in ihr Haus kam. Er hatte zwar keine Ahnung, wie man sich auf dem Lande benahm, aber er war so beschaffen, daß er nicht die geringste Angst hatte, etwas falsch zu machen.

Arne und Eddie saßen im großen Zimmer auf dem Sofa und sahen sich den Katalog an, da fuhren sie plötzlich zusammen, weil es heftig an der Haustür klopfte. Arne hatte Eddie gerade huldvoll ein unwiderstehliches Ding gezeigt: einen batteriebetriebenen Schlüssellochreiniger, den man außerdem als Reisezahnbürste benutzen konnte. Ganz in Schwarz und Chrom. Neunundvierzig Kronen und neunzig Öre, exklusive Batterie. Das war doch geschenkt! Aber als es an die Tür hämmerte, versteckte Arne den Katalog schnell hinter einem Sofakissen.

»Scheiße!« schrie er. »Jetzt wollen sie den Video abholen!« Drohend zeigte er auf Eddie. »Du weißt von nichts!« brüllte er.

Eddie sah seinen Bruder unglücklich an.

»Hich weiß von nichts«, sagte er nervös. »Hist das gut so?«

Arne nickte zufrieden und erklärte mit freundlicherer Stimme: »Papa hat wahrscheinlich die Rechnung nicht bezahlt. Dann kommen irgendwelche Typen und ballern an die Tür und holen Sachen ab, die ihnen gefallen. Zum Beispiel den Video.«

Eddie folgte Arnes Blick zum Fernseher und Video, weiter nach links zum Buchregal und dem großen schwarzen blöden Storch aus Holz, den sie letztes Jahr von der Großmutter zu Weihnachten bekommen hatten.

»Harne«, flüsterte Eddie, »glaubst du nicht, daß die Typen lieber den Storch haben möchten?«

Plötzlich ertönte eine Stimme, eine Stimme, die laut »Hallo!« und »Huhu!« rief, begleitet von munterem Hundegebell. Arne erstarrte.

»Himmel«, sagte er, »bringen die auch Hunde mit? Das sind bestimmt Kampfhunde.«

»Sind die niedlich? Hich hab Hunde so gern«, flüsterte Eddie.

Aber Arne nahm Eddie hart am Arm.

»Du darfst nicht so ängstlich gucken«, sagte er. »Dann beißen sie sofort zu. Und wenn sie die Ohren anlegen, dann paß bloß auf.«

Eddie stiegen Tränen in die Augen. Da war plötzlich so vieles, woran er sich erinnern mußte.

»Wie macht man das, wenn man haufpaßt?« flüsterte er.

Arne sah ihn müde an.

»Halt dich von den Hunden fern«, sagte er.

»Haber hich hab Hunde doch so gern«, antwortete Eddie und sah ganz unglücklich aus.

Im selben Augenblick ertönte eine Stimme, eine wohlbekannte Stimme: »Arne! Eddie! Seid ihr nicht zu Hause?«

Eddies Gesichtsausdruck wechselte von Entsetzen in Freude, und er sprang begeistert vom Sofa auf, um Axel entgegenzulaufen.

Aber Arne blieb sitzen. Er hatte noch tiefere Kummerfalten als vorher.

»Mein Lehrer«, seufzte er, »was hab ich nun wieder falsch gemacht?«

Axel und sein Hund Valentino kamen gleichzeitig ins Zimmer.

Plötzlich war alles voller schwarzem Flausch – von Bart und Haaren und Hundefell und dicken Socken. Eddie warf sich in Axels Arme, so sehr freute er sich. Und Arne vergaß ganz, daß er sich vor den Eintreibungstypen und vor seinem Lehrer fürchtete. Arne lachte über das ganze Gesicht und zeigte auf Valentino.

»Was für ein *dog*, total geil!« rief er aus. »Ist das deiner?«

Axel nickte energisch mit seinem großen schwarzen Wuschelkopf.

»Klar«, sagte er, »oder richtig gesagt, nein. Ach nein, er gehört ja meiner Frau. Und sie ist in der Klinik. Wir haben ein Kind bekommen, wie jeder weiß . . .«

»Ja, ein Ferkel«, sagte Eddie und lächelte.

»Genau«, sagte Axel und versuchte, sein Gesicht unter Kontrolle zu bringen. »Wir haben ein Ferkelchen gekriegt. In einigen Tagen dürfen sie nach Hause, das Mädchen und meine kleine Frau. Aber jetzt gibt's viel zu tun. Das versteht ihr vielleicht. Sehr viel.«

Die Jungen nickten stumm. Sie fühlten, daß jetzt etwas sehr Bedeutungsvolles geschehen würde. Eddie nahm Arne bei der Hand.

»Und da haben wir gedacht«, sagte Axel und guckte zu Boden, plötzlich etwas verlegen, »falls euer Papa einverstanden ist . . .«

»Bestimmt«, versicherten beide Jungen gleichzeitig und lächelten Axel Jonsson strahlend an.

». . . ob ihr vielleicht Valentino eine Weile nehmen könntet . . .«

»Aber das geht doch in Ordnung, Axel«, sagte Arne. »Wieso hast du überhaupt daran gezweifelt?«

Plötzlich waren sie ein großer, wimmelnder dunkler Haufen –

Arne, Eddie und Valentino. Sie umarmten sich und schnappten und rangen miteinander. Das war Liebe auf den ersten Blick.

Axel stand daneben mit hängenden Armen und lächelte auf seine neue väterliche Weise.

»Und dann?« fragte Arne mißtrauisch. »Wollt ihr 'n dann auch wiederhaben?«

»Ihn«, verbesserte Axel automatisch (er war ja schließlich Lehrer).

»Doch, dann wollen wir ihn wiederhaben, in einem halben Jahr oder so, aber ihr könnt 'n trotzdem haben, sooft ihr wollt.«

»Ihn!« verbesserte Arne automatisch.

Sie sahen einander an und lachten. Eddie befand sich in einer anderen Welt. Er lag mit Valentino auf dem Rücken auf dem Fußboden und gluckste vor Lachen, während der Hund ihm über das ganze Gesicht leckte. Axel stand zufrieden daneben und sah ihnen zu, und von Zeit zu Zeit konnte er Eddies muntere Augen und seine kleine Nase unter Valentinos großer Zunge erkennen.

Aber Arne hatte sich mit ernstem Gesicht auf das Sofa gesetzt. Vor ihm auf dem Tisch lagen ein Kugelschreiber und ein alter brauner Umschlag.

»Was ißt er?« fragte er Axel. »Und vor allen Dingen wieviel? Was kostet das? Mag er Kekse? Wir holen uns immer Keksbruch aus der Keksfabrik. Kann er die auch essen?«

»Ach du liebe Zeit«, sagte Axel und schlug seine großen Hände zusammen, daß es klatschte. »Natürlich braucht ihr kein Essen für ihn zu besorgen. Ich hab das ganze Auto voller Fleisch und Konserven, Chappi und so was und Hundekuchen.«

Eddie baute sich verwirrt vor ihm auf.

»Ist er denn noch kein Vetegarier?« fragte er.

Arne streckte ein Bein unterm Sofatisch hervor und trat seinem kleinen Bruder gegen das Bein.

»Vegetarier heißt das, du Affenhirn. Und warum sollte er das sein?«

»Weil ich und meine Frau das sind«, antwortete Axel ruhig. »Du hast also ganz richtig gedacht, Eddie, obwohl es doch falsch ist. Meine Frau und ich essen kein Fleisch aus Rücksicht auf die Natur. Aber Valentino . . .«

»Na, dann mal her mit den Autoschlüsseln«, sagte Arne zufrieden. »Ich geh raus und hol das Freßchen.«

Axel lächelte und gab ihm den Schlüssel.

Eddie hob Valentinos plattes, flauschiges Ohr hoch und flüsterte: »Komm, dann zeig ich dir meine Schildkröte. Aber du darfst sie nicht auffressen, verstehst du das, Valle? Sie ist nicht so ein Tier, auch kein Hamburger.«

»Valle?« fragte Axel ärgerlich.

»Ich kann doch nicht den ganzen Tag lang Valentino sagen, das verstehst du ja wohl«, sagte Eddie.

»Da hast du vielleicht recht!« rief Axel erstaunt. »Ich fand den Namen auch immer viel zu lang und anstrengend. Aber ich wußte gar nicht, daß man Namen einfach so ändern darf.«

»Das darf man.«

»Aha, das darf man also.«

Eddie lachte aus vollem Halse.

»Du, Haxel, du weißt aber auch gar nichts über Kosenamen«, sagte er. »Vielleicht heißt du hin Wirklichkeit Haxelino.«

»Jetzt redest du ja wieder so«, sagte Axel ernst. »Warum tust du das, Eddie? Du kannst doch richtig sprechen.«

Eddie ließ den Hund los und sprang in Axels Arme.

»Ich hab bloß Spaß gemacht, weil ich so froh bin«, flüsterte er. »Und vielen Dank für den Hund, er darf auch in meinem Bett schlafen.«

Axel sah ein wenig verwirrt aus und guckte auf die Uhr, die an einem handgewebten Band um seinen Hals hing.

»Jetzt muß ich mich aber beeilen, ich muß in die Klinik«, sagte er. »Da werde ich gebraucht.«

An der Tür begegnete er Arne, der den kleinen Abhang heraufkam, die Arme voller Hundenahrung.

»Ich ruf heute abend an«, sagte Axel, »und frage euren Papa, ob er damit einverstanden ist, wenn Valentino ein paar Wochen hierbleibt . . . Valle.«

»Valle – ach so, *the dog*«, sagte Arne schnell. »Nein, tu das nicht. Papa ist heute abend furchtbar müde, weil er drei Nächte lang Laster gefahren ist. Aber mach dir keine Sorgen. Er hat erst gestern angerufen und gesagt, daß er uns einen Hund kaufen will.«

Axel sah ganz bekümmert aus.

»Aber wenn er das nun schon getan hat«, sagte er. »Zwei Hunde, das geht wohl nicht . . .«

Arne klopfte Axel tröstend auf den Jackenärmel.

»Ich weiß, daß er es nicht getan hat«, sagte er. »Er will einen feinen Hund. Wenn man so einen haben will, muß man bei einem richtigen Züchter Schlange stehen. Ein echter Hühnerhund. Nicht so eine komische Mischung wie Valentino. Beruhige dich also.

Keine Gefahr. Wir sehen uns Montag in der Schule. Jetzt geh mal zu dem Ferkel und den anderen!«

Axel lächelte und sah Arne in die Augen.

»Ich weiß, daß ich mich auf dich verlassen kann«, sagte er. »Du hast ja meine Telefonnummer. In dem Beutel mit dem Trockenfutter ist eine lange Liste, da steht drauf, was für Gewohnheiten Valentino hat. Sag doch bitte deinem Papa, er möchte mich bei Gelegenheit anrufen. Er soll es ruhig lange klingeln lassen – ich bin auch müde.«

Arne lächelte und ging ins Haus und reihte alle Essensachen auf dem Tisch auf.

»Komm schnell, Eddie!« schrie er. »Und bring Valle mit. Heute gibt es Steak zu Mittag.«

Er hatte den Satz kaum beendet, da sah er ein erwartungsvolles Hundegesicht und viel Körper. Und auf diesem schwarzen flauschigen Wesen saß ein magerer, blasser kleiner Junge und strahlte vor Freude.

»Guck mal, Arne! Ich reite zu Tisch.«

Arne sah seinen kleinen Bruder lächelnd an. Das war ein netter Hund, der könnte auf Eddie aufpassen, so daß Arne sich manchmal ein bißchen freinehmen konnte. Die Butter zischte in der Bratpfanne, und Arne warf alle acht Steaks auf einmal hinein. Eddie sprang von Valles Rücken und guckte sich interessiert das Hundemittag an. Plötzlich begann er zu niesen, viele Nieser hintereinander. Der eine Nieser war noch gar nicht zu Ende, da kam schon der nächste. Seine Augen tränten.

»Hör doch auf, Eddie«, sagte Arne. »Das ist ja nervig!«

Lennart begegnet
dem Teufel

Es war dunkel und still im Haus, als der Papa der Jungen heimkam. Der Herbstwind heulte um die Hausecken. Lennart parkte seinen kleinen Laster neben der Gartenlaube und stieg aus. Er blieb stehen und lauschte auf die Geräusche aus dem Wald, ehe er die Haustür mit einem Ruck öffnete. Er seufzte schwer, weil die Brüder vergessen hatten, die Tür vorm Schlafengehen abzuschließen.

Drinnen im Haus war es ganz still, und die Glut im Kamin war erloschen. Vorsichtig öffnete Lennart die Tür zum Zimmer der Jungen. Er mußte nach Arnes Lockenkopf unter der Decke suchen, so lautlos schlief er.

Aber Eddie lag auf dem Rücken, und in seinen Lungen rasselte es wie bei einem alten Mann. Lennart lächelte und deckte ihn gut zu. Aber er war doch ein bißchen enttäuscht, daß die beiden schon schliefen. Dabei hatte er sich so beeilt, nachdem er den letzten Auftrag erledigt hatte, und war ganz schnell nach Hause gefahren, um am Samstagabend mit seinen Söhnen zusammen zu sein.

Er schloß vorsichtig die Tür und ging in die Küche.

Außerordentlich gut gebratene kalte Steaks lagen auf einem Teller und wellten sich neben einem Haufen Chips. Was für ein Glück, wo er doch vergessen hatte, etwas zu essen zu kaufen. Lennart öffnete den Kühlschrank: vier Bier und ein Glas mit etwas Komischem drin, vielleicht eine Ringelnatter, und drei Konservenbüchsen mit Chappi.

»Chappi!« rief Lennart ärgerlich aus. »Darüber muß ich mit Arne reden. Kauft er etwa Hundefutter für das Geld? Denkt er denn, wir sind Rentner, oder was? Wir Jungs brauchen was Ordentliches zu essen.«

Er öffnete ein Bier und schaltete den Fernseher ein. Nach einer Weile fand er ein Programm, in dem Ringkämpfe gezeigt wurden. Er zögerte einen Augenblick, dann ging er hinaus zum Laster und holte eine Flasche Wodka, die ungeöffnet unterm Vordersitz lag.

Zurück im Wohnzimmer, studierte er die Flasche lange und beschloß, sie nicht zu öffnen. Er hatte den Jungen ja versprochen, nicht mehr so viel Schnaps zu trinken. Aber dann fiel ihm ein, wie gern Eddie gerade die Flaschen von dieser Marke Wodka hatte. Sie waren ganz durchsichtig und hatten einen silbrigen Korken, und der Text war direkt aufs Glas geschrieben, so daß man ihn auch auf der anderen Seite der Flasche lesen konnte. Drei solcher Flaschen hatte Eddie weiterverarbeitet. Er hatte Gras und Farnkraut vom Bach hineingestopft, nicht irgendwie unordentlich, sondern sehr sorgfältig. Dann hatte er sie mit Wasser gefüllt und kleine Lebewesen hineingetan, Froschlaich und anderes. Manches war gestorben, anderes hatte überlebt, weil er die Flaschen nicht verkorkt hatte.

Als Lennart so eine Flasche zum erstenmal sah, hatte er ausgerufen: »Was zum Teufel soll das bedeuten, Eddie?«

Und Eddie war erschrocken zusammengezuckt.

»Das hist mein Haquarium«, hatte er gesagt. »Hich hab hein heigenes Haquarium.«

Eddie würde sich bestimmt freuen, wenn er noch eine Aquarium-Flasche bekäme. Diese hatte eine Extra-Aufschrift: »Mit Zitrone«. So eine hatte Eddie noch nicht. Lennart brauchte ja nicht gleich die ganze Flasche auszutrinken. Er ging in die Küche und wühlte in dem Schrank unter der Kochplatte. Schließlich fand er, was er suchte – einen Trichter aus gelbem Emaille mit einem grünen

Rand. Auf der Spüle stand die leere Milchkanne. Lennart goß sich einen Wodka in ein Glas, den Rest ließ er durch den Trichter in die Milchkanne laufen. Kein Tropfen ging verloren.

Dann spülte er die Wodkaflasche mit Wasser aus, damit der Junge keine giftigen Dämpfe einatmete, und dann schlich er in das Zimmer der Jungen und stellte die Flasche neben Eddies Bett. Eddie röchelte immer noch. Das Atmen schien ihm schwerzufallen.

Fast lautlos verließ Lennart das Zimmer und setzte sich mit dem Schnapsglas in der Hand vor die Ringkämpfe. Es waren sehr viele Kämpfe, deshalb mußte er viele Male in die Küche gehen und sein Glas aus der Milchkanne auffüllen.

Vom letzten Kampf kriegte Lennart nicht mehr viel mit. Er brüllte den Ringern zu, sie sollten auf der Matte bleiben, und als er in die Küche schwankte, um mehr Wodka zu holen, war er so unsicher auf den Beinen, daß er gegen den Türrahmen stieß. Er fluchte und trank vor lauter Ärger den letzten Schnaps direkt aus der Kanne.

Dann beschloß er nachzusehen, ob die Jungen auch gut schliefen, bevor er selbst zu Bett ging. Er torkelte durch das Wohnzimmer, warf einen Stuhl um und fummelte lange nach der Türklinke zum Zimmer der Jungen. Als er die Tür aufgerissen hatte, blieb er wimmernd auf der Türschwelle stehen. Die Jungen lagen wie vorher da, aber mitten im Zimmer stand der Teufel und starrte ihn an. Ein großes schwarzes, haariges Biest mit gelben Augen, die in der Dunkelheit glühten.

»Nein, nein«, flüsterte Lennart. »Der Teufel. Sie haben mir den Teufel persönlich geschickt.«

Das Biest kam auf ihn zu und wedelte mit dem Schwanz, aber das sah Lennart nicht. Er zog die Tür zu, taumelte ins Wohnzimmer und warf sich auf sein Bett hinterm Vorhang. Sein langer, knochiger Körper wurde geschüttelt von Schluchzern, und er schlug mit den Fäusten ins Kissen.

»Der Teufel frißt meine Jungen auf! Und dann frißt er mich!«

Schließlich schlief er ein. Schwer und unbeweglich lag er angezogen auf seinem Bett, bis ihn brennender Durst weckte. Und da war es ein neuer Tag.

Eddie träumte, es sei schon Frühling, und er lief zu seinem Bach hinunter und beobachtete das rauschende Wasser. Plötzlich hatte er das Gefühl, daß er seinen Kopf kühl halten mußte. Er kniete sich hin und tauchte den Kopf langsam ins Wasser. Er war sehr erstaunt, wie lauwarm es war. Er schlug die Augen auf und sah eine große rosa Zunge, die ihm übers Gesicht leckte.

»Hallo, Valle!« sagte Eddie. »Bist du schon wach? Komm in mein Bett.«

Der Hund sprang auf sein Bett und wedelte mit dem Schwanz. Er verstand schwedisch! Eddie rieb sich die Augen.

»Warte mal eben, Valle«, sagte er. »Ich muß mir erst die Nase putzen.«

Aber Valle folgte ihm in die Küche. Eddie versuchte den langen Brief zu lesen, den Valles Herrchen geschrieben hatte, all die Regeln, wie man Valle pflegen sollte. Aber das war nicht so leicht. Eddie konnte nur bestimmte Wörter lesen: Mona, Oma, Sonne. Und die kamen in dem Brief nicht vor.

Eddie guckte in die Milchkanne. Sie war leer. Im Kühlschrank gab es nur Bier und Coca-Cola. So was mochte Valle bestimmt nicht. Eddie goß Wasser in eine Schüssel und stellte sie auf den Fußboden. Das mochte Valle. In dem Augenblick klingelte das Telefon. Es war Axel. Er wollte wissen, wie es Valle ging.

»Ihm geht's gut«, sagte Eddie. »Er hat dich schon vergessen.«

Und dann legte er den Hörer auf.

»Komm, Valle«, sagte er. »Wir gehen zum Bach.«

Eddie stieg barfuß in seine Stiefel, zog Papas Anorak an und ging hinaus, ohne sich um das Telefon zu kümmern, das wieder klingelte. Nach sechzehn Klingelzeichen kam ein verschlafener Arne in die Küche und hob den Hörer ab.

»Ja, hallo«, sagte er, »gut – nein, gut . . . Ich weiß nicht, wo er ist. Er ist wohl mit Eddie rausgegangen. Ich meine, Eddie ist wohl mit Valle rausgegangen . . . Warte, ich will mal sehen, ob er wach ist.«

Arne ging in das große Zimmer, schob den Vorhang beiseite und hielt sich die Nase zu.

»Mensch, du stinkst vielleicht nach SCHNAPS!« schrie er seinem Papa ins Ohr. »Mein Lehrer will mit dir reden.«

»Gib mir Wasser«, lallte Lennart.

»Hast du das nicht geschnallt? Mein Lehrer will dich sprechen.«

Lennart richtete sich sofort auf.

»Was, ist er etwa hier?« sagte er. »Hol mal schnell die Wodkaflasche. Die steht neben Eddies Bett. Wo ist mein Hemd?«

»Das hast du an«, sagte Arne mürrisch. »Und außerdem ist er nicht hier, sondern am Telefon. Er wartet bald zehn Minuten.«

»Was hast du denn jetzt wieder angestellt?« sagte Lennart grantig. »Doch nichts Schlimmes?«

Arne ging ins Kinderzimmer und knallte die Tür hinter sich zu. Aber durch die Wand konnte er die angestrengt muntere Stimme von seinem Papa hören.

»Zu früh? Nein, nein, ich steh mit den Hühnern auf . . . Was hat der Junge denn jetzt wieder angestellt? Ach so, es geht um den Hund. Den Hund? Ach so, *den* Hund! Ja, ja, ist er groß und schwarz? Ich meine, ist es der große schwarze Hund? Ach ja, hier gibt es ja keine anderen Hunde. Ja, ich hatte heute nacht eine lange Tour. Aber ich hab ihn gesehen, als ich nach Hause gekommen bin. Sehr groß und schwarz, ja. Gelbe Augen. Wirklich ein netter Bursche. Nein, nein, überhaupt kein Problem. Wir haben Hunde sehr gern. Ich hab selbst einen Hund gehabt, als ich klein war. Arne weiß bestimmt Bescheid, was zu tun ist. Es gibt nichts, womit er nicht fertig wird. Der Brief ja, den haben wir gelesen. Ein guter Brief. Er hat jetzt gefrühstückt, der Hund, meine ich, das sehe ich . . . Ja, abgemacht. Er darf so lange bleiben, wie er will. Wie heißt er?«

Lennart legte den Hörer auf, nahm den Eimer Wasser mit hinaus auf die Küchentreppe und kippte sich das ganze Wasser über den Kopf. Dann ging er hinein und kroch wieder ins Bett.

Arne legte sich auf sein Bett und starrte zur Decke hinauf. Er hatte Angst gehabt, Papa würde ihnen nicht erlauben, den Hund zu behalten. Obwohl er sich deswegen keine Sorgen mehr zu machen brauchte, konnte er sich trotzdem nicht richtig freuen. Er sprang aus dem Bett, nahm die leere Wodkaflasche und ging zum Vater.

»Wenn du nicht sofort aufstehst und Frühstück machst, hau ich dir die hier auf den Kopf«, zischte er seinem Papa ins Ohr.

Lennart richtete sich blitzschnell auf, zog eine Grimasse und griff sich an den Kopf. Mit roten Augen starrte er Arne an.

»So spricht man nicht mit seinem Papa«, sagte er.

»Dann benimm dich auch wie ein Papa«, sagte Arne, ging in die Küche, setzte sich auf die Küchenbank und wartete.

Lennart kam ihm sofort nach und strich seinem ältesten Sohn unbeholfen über den Kopf.

»Entschuldige«, sagte er. »Ich werde wirklich nicht mehr so viel trinken. Das hab ich versprochen. Was wollt ihr zum Frühstück haben?«

»Jedenfalls kein Bier«, schnaubte Arne, »und das ist das einzige, was es im Kühlschrank gibt.«

Währenddessen spazierten Eddie und Valle auf der Landstraße entlang. Sie brauchten keine Leine. Valle ging dicht neben Eddie, und sobald ein Auto kam, drückte er sich noch enger an Eddies kleinen Körper, als suche er Schutz bei ihm. Und jedesmal, wenn er etwas fand, woran er schnuppern wollte, sah er Eddie an, als ob er ihn um Erlaubnis bitten wollte.

Eddie hustete mehrere Male, und er beschloß, einen Umweg über die Tankstelle zu machen und sich Halspastillen zu kaufen, bevor er Valle seinen Bach zeigte.

Alma Diesel stand hinter dem Tresen und blätterte in einer Illustrierten, als Eddie und Valle hereinkamen.

»Hallo, Alma!« sagte Eddie.

»Wo hast du den denn her?« fragte Alma und zeigte auf Valle. »Hunde müssen draußen bleiben, wo wir jetzt auch Lebensmittel verkaufen. Das steht auf dem Schild vor der Tür, falls du lesen kannst.«

»Das kann ich aber nicht«, sagte Eddie wahrheitsgemäß. »Ich bin doch gerade erst in die Schule gekommen. O kann ich und M. Opa und so was kann ich lesen, aber nicht so was, daß Hunde verboten sind.«

»Was ist das denn für ein Dorfköter?« fragte Alma griesgrämig. »Und wem gehört er?«

»Der gefährliche Hund gehört mir«, sagte Eddie. »Arnes und mein gefährlicher Hund ist das.«

»Ach, kann dein Vater es sich jetzt leisten, einen Hund anzuschaffen?« fragte Alma höhnisch. »Dann kann er sich ja auch hierher bequemen und das Benzin bezahlen, das er Donnerstag hat anschreiben lassen. Bestell ihm das.«

»Das werd ich machen«, sagte Eddie ernst. »Muß ich ›hierher bequemen‹ sagen? Das kann ich mir so schlecht merken.«

Er holte einen zerknautschten Zehn-Kronen-Schein aus der Anoraktasche und kaufte eine Schachtel Halspastillen.

»Ich hab Husten«, sagte er zu Alma.

Sie gab keine Antwort.

Eddie und Valle gingen weiter die Landstraße entlang. Valle wollte keine Halspastille haben, aber Eddie nahm einen ganzen Mundvoll. Es half nichts. Nachdem er sich ausgehustet hatte, sagte er zu dem Hund:

»Sich bequemen, Valle, das müssen wir uns merken. Papa soll sich mit dem Benzingeld hierher bequemen. Möchte mal wissen, was das bedeutet? Bequem ist Papa ja wirklich. Der liegt gern im Bett. Soll er mit dem Bett herkommen? Das wär was!«

Wieviel wiegt
Fräulein Kröte?

Am Montagmorgen bekamen die Jungen so ein reichliches Frühstück von ihrem Papa vorgesetzt, daß sie fast zu spät zur Schule kamen. Dickmilch und Corn-flakes, Kakao, Apfelsinensaft – und was für Butterbrote! Halbe Weißbrote mit gekochten Eiern, und auf die Eierscheiben hatte Lennart ihre Namen mit Kaviarpaste geschrieben. Eddies Name war leider in Schreibschrift geschrieben, aber er begriff trotzdem, daß das Brot für ihn bestimmt war, und sagte nichts. Und für Valle hatte Lennart ein großes Steak. Schließlich hatte er selbst einen Hund gehabt, als er klein gewesen war.

»Ich fahr euch zur Schule!« sagte er plötzlich.

»Prima«, sagte Arne und guckte seinen Vater bewundernd an.

»Laß uns nur ein Stück vom Schulhof entfernt aussteigen.«

Lennart sah erstaunt aus. Eddie kniete auf dem Fußboden und verabschiedete sich von Valle, als ob er ihn mindestens ein Jahr nicht wiedersehen würde.

»Schnief nicht so«, sagte Arne. »Und Valle ist doch noch da, wenn wir wieder nach Hause kommen. Übrigens ist das genauso gut mein Hund wie deiner.«

Endlich waren sie draußen, aber da fiel Eddie ein, daß er seiner

Schildkröte nicht auf Wiedersehen gesagt hatte. Es ist bestimmt kein schönes Gefühl, vergessen zu werden, wenn man in einem Glas wohnt und in einem fremden Land geboren wurde.

Der Laster stand schon mit laufendem Motor da, als Eddie endlich herauskam, und Arne rutschte wütend in die Mitte, um seinem kleinen Bruder Platz zu machen.

»Mußt du dich nicht von noch jemandem verabschieden?« fragte er. »Vielleicht von einer Topfpflanze?«

»Unsere Topfpflanzen sind doch nicht lebendig?« sagte Eddie erstaunt. »Die sind doch aus Plastik.« Er sah seinen Bruder an und schüttelte den Kopf.

Als sie die Landstraße erreichten, fiel Eddie ein, daß er seinen Rucksack Freitag im Bus vergessen hatte, aber das erzählte er nicht. Seine Lehrerin, Fräulein Kröte, würde bestimmt nichts merken, wenn er nichts sagte.

Heimlich winkte er seinem Bach zu, als sie vorbeifuhren. Lennart war frisch rasiert und hatte sich die Jacke ordentlich zugeknöpft. Er hatte Gel im Haar und sah richtig nett und adrett aus.

»Wenn ich nach Hause komme, mache ich Großputz«, sagte er munter zu Arne. »Aufräumen und lüften und Teppiche klopfen.«

»Übertreib bloß nicht«, sagte Arne. »Wann hast du deine nächste Fuhre?«

»Erst morgen früh«, sagte Lennart. »Rüber nach Dänemark. Ich bleib also nur eine Nacht weg.«

»Dann kannst du rote Würstchen für Valle und mich kaufen«, sagte Eddie zufrieden.

»Und keinen Schnaps!« sagte Arne.

»Hör auf zu meckern!« sagte Lennart. »Ich hab's doch versprochen.«

»Davon hat man Samstag nichts gemerkt«, sagte Arne und kniff die Lippen zusammen.

Auf dem Schulhof wimmelte es von Kindern. Arne schickte den Laster mit einer ungeduldigen Geste weg, und dann scheuchte er Eddie genauso schroff in die Ecke, wo sich die Erstkläßler aufhielten. Es war alles wie immer, fand Eddie. Die Jungen spielten Fußball, und die Mädchen übten Krähenhüpfen. Eddie mochte keins von beidem. Er war wohl auch der einzige in seiner Klasse, der wußte, was er werden wollte, sobald er groß war und aus der Schule kam: Kamelpfleger. Kamelpfleger bei einem Zirkus. Er setzte sich auf eine Bank und betrachtete die verwelkten Rosenbüsche auf dem Schulbeet. Da standen sie und warteten auf den Winter. Er fand, sie sahen irgendwie eingesperrt aus, weil sie in schnurgeraden Reihen dastanden.

Bei den Drittkläßlern ging es wilder zu. Es sah aus, als ob einer den anderen jagte, und in der Mitte der wilden Jagd lagen die Rucksäcke auf einen Haufen geworfen. Aber plötzlich stießen die Mädchen aus Arnes Klasse ein gemeinsames Indianergeheul aus, nicht, weil sie Arne entdeckten (wie er zuerst glaubte), sondern weil sie ihren Lehrer Axel Jonsson mit flatterndem Schal, grauer Strickmütze, grüner Lodenjacke und braunen Öko-Schuhen auf das Schulgebäude zuschlendern sahen.

Mimi, Janna, Linda und Maria waren als erste auf ihn zugestürzt und hatten ihn festgehalten.

»Axel, Axel, stimmt es, daß du ein Baby gekriegt hast? Mama hat die Anzeige in der Zeitung gelesen!« Mimis Augen glitzerten. »Dürfen wir es mal besuchen?«

»Wieviel wiegt es?« fragte Maria. »Ist es dick?«

Janna kniff Axel fest in den Ellenbogen.

»Wer hat die Nabelschnur durchgeschnitten? Hast du das gemacht?«

Axel sah sie beeindruckt an und wollte gerade etwas sagen, da war Linda an der Reihe.

»Dürfen wir mitkommen, wenn du einen Kinderwagen kaufst?« fragte sie. »Es ist doch ein Mädchen, und ich finde, Mädchen müssen einen rosa Kinderwagen haben. Das findet meine Mama auch. Mit großen weißen Rädern. Und dann noch so ein rotes Herz, auf dem steht ›Faß mich nicht an‹.«

Axel lachte und umarmte sie alle miteinander.

»Wir haben schon einen Kinderwagen«, sagte er, »einen gebrauchten mit braunem Cord. Und solche Schilder, auf denen ›Faß mich nicht an, bevor ich dir gehöre‹ steht, liegen immer bei den biodynamisch gezogenen Tomaten. Aber ihr dürft gerne mal mit in die Klinik kommen und mein Kind besuchen.«

Axel machte sich los und setzte seinen Weg zum Schulgebäude mit großen, munteren Schritten fort.

Die Mädchen jubelten und liefen zu Arne und Krille, um ihnen die Neuigkeit zu erzählen. Aber die standen bloß da und starrten sie an und waren merkwürdigerweise kein bißchen interessiert.

»Was für ein Glück, daß ich die Hausaufgaben nicht gemacht

habe«, sagte Arne. »Das wäre ganz umsonst gewesen, Axel scheint ja ziemlich daneben zu sein.«

Mit wenigen fröhlichen Schritten (zwei Treppenstufen auf einmal) war Axel schnell im Schulgebäude und riß energisch die Tür zum Lehrerzimmer auf.

»Wißt ihr, was passiert ist?« rief er.

Alle wußten es. Der Direktor gab Axel sogar die Hand, was er seit Schulbeginn nicht mehr getan hatte, und wünschte ihm und seiner kleinen Familie Glück.

»Wo ist die Torte?« fragte der Werklehrer.

Axel wurde rot. »Die kommt noch«, sagte er, »in der großen Pause. Man muß so viel im Kopf haben, wenn man ein Kind hat. Zum Glück haben die Schmidt-Jungen versprochen, sich ein paar Wochen um den Hund meiner Frau zu kümmern.«

»Dann haben wir den Hund wohl bald im Klassenzimmer«, sagte Eddies Lehrerin Doris Kröte seufzend. »Haart er sehr?«

»Jetzt übertreib nicht so«, sagte Axel und kniff Fräulein Kröte schelmisch ins Kinn. »Die Jungen haben von mir Regeln gekriegt.«

»Regeln!« rief die Handarbeitslehrerin aus. »Weißt du denn, was Regeln sind? Ich hab dich immer für einen Hippie mit Blumen im Haar gehalten.«

Als Fräulein Kröte zu ihrem Klassenzimmer kam, standen die Kinder schon aufgereiht im Flur und warteten. Außer Douglas Bengtsson natürlich, der saß auf dem Fußboden. Douglas wurde immer so müde vom Stehen, daß er sich hinsetzen mußte.

Eddie stand als letzter in der Reihe hinter Katarina Wennberg. Eigentlich sollten sie sich nach dem Alphabet aufstellen. Aber Eddie hatte sich gleich am ersten Schultag vor zwei Monaten als letzter aufgestellt. Und das ließ er sich auch nicht ausreden, und Fräulein Kröte hatte es schließlich aufgegeben.

Sie betrachtete ihre Schüler, als sie ins Klassenzimmer tappten oder besser gesagt trampelten. Die Mädchen tappten, denn sie hatten ihre Straßenschuhe schon im Flur ausgezogen.

Die Jungen zogen ihre Stiefel erst im Klassenzimmer aus und legten sie unter die Bänke. Das hatte Eddie ihnen beigebracht.

»Mein großer Bruder sagt, ein Junge muß schnell in die Stiefel springen können. Wenn es nämlich Krieg gibt, muß er schnell loslaufen und helfen.«

Fräulein Kröte schüttelte den Kopf. Aber die Jungen taten, was Eddie sagte. Er selbst behielt seine Stiefel an, nicht um als erster im Krieg zu sein, sondern weil er keine Strümpfe anhatte. Er war barfuß in den Stiefeln, obwohl schon November war. Sobald er sich hingesetzt hatte, begann er, in den Schuhen mit seinen steifgefrorenen Zehen zu wackeln. Aber die Zehen wackelten nicht zurück. Eddie nieste und guckte aus dem Fenster. Wenn er Kamelpfleger war, wollte er sich echte Strohpantoffeln aus Afrika besorgen.

Fräulein Kröte guckte auch aus dem Fenster. Sie sehnte sich nach den Weihnachtsferien. Dann würde sie zu ihrem Sommerhaus fahren und Goldsterne an die Fensterscheiben kleben. In ihrem Schrank im Lehrerzimmer hatte sie eine ganze Schublade voller alter, selbstklebender Goldsterne. Früher hatte sie die Sterne in die Schreib- und Rechenhefte der Kinder geklebt, die besonders gute Arbeit geleistet hatten. Aber das war jetzt unmodern. Die Leute wurden manchmal sogar wütend.

Dies hier war ihre letzte Klasse. Wenn die Kinder in die vierte Klasse kamen, wurde Fräulein Kröte pensioniert, und dann wollte sie das ganze Jahr über in ihrem kleinen Sommerhaus wohnen. Sie würde die alte Fliederlaube in Ordnung bringen, und manchmal würde sie Ellinor Johansson zu Fliedertee einladen. Ellinor und Fräulein Kröte hatten zusammen studiert, und damals hatte Ellinor einen roten Wuschelkopf gehabt. Das war in der Steinzeit gewesen. Jetzt war Ellinor grauhaarig und Witwe. Aber eine Tasse Fliedertee schmeckt immer gut.

»Sollen wir nicht bald unsere Lesebücher aufschlagen, Fräulein Kröte?« fragte Emma, die in der ersten Reihe saß. Sie hatte auch einen roten Wuschelkopf. Fräulein Kröte wurde zurück in die Wirklichkeit geholt.

»Natürlich, kleine Emma«, sagte sie. »Natürlich. Aber zuerst möchte ich euch etwas erzählen. In genau zwanzig Minuten geht die ganze Klasse zu Schwester Solveig. Wißt ihr, wer das ist?«

Niemand meldete sich.

»Was, ihr kennt Schwester Solveig nicht?« sagte Fräulein Kröte. »Das ist doch die kleine Dünne, die mit dem dicken Zopf. Der Zopf ist so lang, daß sie sich draufsetzen kann.«

Alle lachten.

»Tut sie das auch?« fragte Frida. »Setzt sie sich drauf? Nutzt das Haar dann nicht schrecklich ab? Dann spalten sich die Haarspitzen, so was hat meine große Schwester.«

»Du kannst sie ja selber fragen«, sagte Fräulein Kröte ein bißchen müde. »Aber jetzt will ich euch erzählen, was wir bei Schwester Solveig machen. Zuerst gehen wir ganz, ganz leise und manierlich in einer Reihe hin, damit wir die anderen Klassen nicht stören. Und dann geht einer nach dem anderen zur Schwester hinein. Und dann wird jeder gemessen und gewogen.«

»Wirst du auch gewogen?« fragte Frida. »Wieviel wiegst du?«

»Massig viel, glaub ich«, sagte Douglas.

Eddie meldete sich.

»Ja, was ist, Eddie?«

»Ich kenn einen Elefanten, und der wiegt zehntausend Kilo«, sagte Eddie. »Du wiegst bestimmt viel weniger.«

Fräulein Kröte sah Eddie freundlich an und schlug das Lesebuch auf.

Bloß keine
Erkältungsschule!

In Schwester Solveigs Zimmer waren viele interessante Regale und ein Schreibtisch. Sie trug einen weißen Kittel, aber der war nicht zugeknöpft. Und darunter trug sie ganz normale Kleider, also richtig lebensgefährlich war sie nicht. Die Kinder mußten sich im Umkleideraum auf eine lange Bank setzen, und Fräulein Kröte setzte sich vorsichtshalber dazu, obwohl sie nicht gewogen werden sollte.

Dauernd kam Schwester Solveig aus ihrem Zimmer und rief jemanden aus der Klasse auf. Dann erhob sich der Schüler und folgte ihr. Jedesmal, wenn sie die Tür hinter sich schloß, wippte der lange Zopf auf ihrem Rücken, als ob er lebendig wäre.

Eddie dachte daran, daß es lange her war, seit er zuletzt eine Ringelnatter am Bach gesehen hatte. Eine Kreuzotter hatte er auch schon lange nicht mehr gesehen. Den Frühling hatte Eddie am liebsten, wenn die Tiere erwachten und anfingen zu kriechen und zu summen. Und der Sommer war überhaupt großartig. Eddie konnte nicht begreifen, warum die Menschen nicht in ihre kleinen Nester krochen und dort überwinterten. Man konnte sich dort ja einen kleinen Vorrat von Popcorn und anderen nützlichen Sachen anlegen.

Eddie zuckte zusammen, als er seinen Namen hörte.

»Eddie Schmidt!«

Schwester Solveig guckte auf seine Stiefel und sagte, er solle sie ausziehen. Eddies Füße waren immer noch eiskalt und ziemlich rot. Er nieste, als er Schwester Solveig in ihr Meß- und Wiege-Büro folgte.

»Bist du erkältet?« fragte sie. »Du scheinst ja furchtbar verschnupft zu sein. Hast du auch Fieber?«

Eddie schüttelte so eifrig den Kopf, daß er husten mußte.

»Mit so einem Husten ist nicht zu spaßen«, sagte Schwester Solveig.

Mit einem Husten spaßen! Also, das ging zu weit.

»Warum hast du übrigens keine Strümpfe an?« fuhr die Schwester fort und starrte auf Eddies Füße. »Man muß immer warme, trockene Füße haben, das ist wichtig. Sind deine Strümpfe in der Pause naß geworden?«

Eddie nickte zustimmend. »Ja, sie hängen an der Heizung im Klassenzimmer«, sagte er. »Jetzt sind sie wahrscheinlich trocken.«

»Hoffentlich«, sagte Schwester Solveig und sah ernst in Eddies kleines Gesicht mit der laufenden Nase und den rotgeränderten Augen. Sie legte ihm die Hand auf die Stirn. Vielleicht hatte er doch ein bißchen Fieber.

»Bist du oft erkältet?« fragte sie.

»Nee«, sagte Eddie blitzschnell. »Du?«

Schwester Solveig sah verdutzt aus und schüttelte den Kopf.

Dann sagte sie Eddie, er solle sich auf die Waage stellen. Er war erleichtert. Diese Strümpfe- und Erkältungsfragen waren ihm nicht geheuer. Es hätte schlecht ausgehen können.

Letzten Winter hatte ein Mann Eddie ausgefragt, ob er lesen und schreiben könne. Und da hatte Eddie nein gesagt. Und so war es gekommen, daß er im Herbst in die Schule mußte, statt richtig arbeiten zu gehen.

Wenn er zugegeben hätte, daß er oft erkältet war, würde er bestimmt in eine besondere Erkältungsschule kommen, und dort mußte er sich den ganzen Tag die Nase putzen, während die anderen frei hatten. Nein, Eddie würde sich schon in acht nehmen, daß man ihn nicht an noch mehr Stellen einsperrte.

Er fragte sich, wie es Valle zu Hause ging. Papa war bestimmt froh, daß er beim Putzen Gesellschaft hatte. Wenn er bloß nicht auf die Idee kam, auch in Maxon Jonssons Glas aufzuräumen. Das mußte man äußerst vorsichtig saubermachen. Wasserschildkröten sind empfindliche Personen.

»Jetzt kannst du von der Waage herunterkommen«, sagte Schwester Solveig lachend. »Auch wenn du da stehenbleibst, wiegst du nicht mehr.«

Dann mußte Eddie sich an die Wand stellen, wo das Lineal war. Er reckte den Hals. Er war der Kleinste in der Klasse und wog am wenigsten.

»Du hättest dir Gel ins Haar tun müssen«, sagte Douglas. »Gel wiegt wahnsinnig viel. Guck mich an.«

In einer Reihe ging die Klasse zurück in ihren Raum, und als Eddie aus dem Fenster guckte, sah er Arne und einige andere Jungen aus der Dritten auf dem Schulhof mit einem kleinen Ball Fußball spielen. Arne hatte keine Jacke an. Er würde sich bestimmt auch erkälten. Eddie mußte ihn warnen, falls Schwester Solveig auch hinter ihm her war.

Aber Arne war nicht erkältet, nur Eddie. An diesem Nachmittag saß er Arne gegenüber auf einem Stuhl am Küchentisch, neben sich Valle, und schniefte. Als Arne nicht hinsah, putzte Eddie sich die Nase in Valles Fell. Aber dann fing er auch noch an zu niesen. Arne, der dabei war, seine Hausaufgaben zu machen, wurde schließlich wütend.

»Ich kann mich nicht konzentrieren, wenn mir so eine Fontäne gegenübersitzt.«

Eddie nieste mehrmals quer über den Tisch, und Arnes Erdkundebuch war voller Tröpfchen. Drohend hob Arne die Faust, aber Eddie zeigte auf das Bild im Buch, das den Göte-Fluß zeigte.

»Das hist doch ein großer Fluß, siehst du das nicht?« sagte Eddie. »Dann muß er doch naß sein.«

Arne schlug das Buch zu und sprang auf. Valle rutschte von seinem Stuhl und begann laut zu bellen.

»Du sollst mich kennenlernen!« schrie Arne und haute Eddie das Erdkundebuch auf den Kopf.

Schließlich warf Eddie sich aufs Bett und hielt seinen Kopf fest. »Paß hauf, paß hauf!« schrie er. »Du haust da zuviel Wissen rein. Ich geh doch gerade in die erste Klasse.«

Arne hörte genauso plötzlich auf, wie er angefangen hatte, und brach in Lachen aus. Bald war da wieder ein fröhlicher, wuselnder Haufen auf dem Fußboden: Arne, Eddie und Valle.

Nach einer Weile waren Eddies Bettdecke und Arnes Kissen mit in das Spiel einbezogen.

Nur Arne hörte die Stimme aus dem Vorraum:

»Hallo, Jungs. Ich bin wieder zu Hause. Hab ich nicht prima aufgeräumt?«

Arne schüttelte Valle von sich ab und stand auf.

Eddie stellte sich schniefend neben ihn.

Valle kroch bekümmert unter Eddies Bett. Er war ein kluger Hund.

Lennart blieb mitten im Zimmer stehen. Auf dem Fußboden lagen Stühle, und eine Blumenvase war umgekippt. In der Küche war überall Popcorn verstreut, und im Zimmer der Jungen sah es aus, als hätte sich dort ein Erdbeben ereignet.

»Eddie und ich räumen sofort auf«, sagte Arne unglücklich.

Lennart gab keine Antwort. Er ging in die Küche und setzte Kaffeewasser auf. Dann ließ er sich schwer auf einen Stuhl fallen.

Die Brüder stellten sich in die Türöffnung und sahen ihren Vater an.

»Bist du böse?« fragte Eddie schließlich.

Da fing Lennart an zu lachen, ging zu ihnen und hob beide Jungen gleichzeitig hoch, einen warmen, kleinen Jungen auf jeden Arm.

»Natürlich bin ich nicht böse«, sagte er. »Jedem passiert ja mal ein Malheur.«

Arne und Mimi
haben ein Geheimnis

Am nächsten Morgen war Eddie so erkältet, daß er im Bett bleiben mußte.

»Du hast vielleicht ein Schwein«, zischte Arne, bevor er zum Bus gehen mußte, »kannst im Bett liegen und Donald Duck lesen, und andere müssen sich abrackern.«

Eddie hörte auf, sich die Augen zu reiben, und sah ganz unglücklich aus, wie er da im Bett auf seinen eigenen und Arnes Kissen halb lag, halb saß.

»Haber Harne«, sagte er, »hich kann doch gar nicht Donald Duck lesen.«

Arne klopfte ihm aufs Knie und sah ihn ein bißchen freundlicher an.

»Steck mich doch bitte, bitte an!« sagte er.

Und weg war er.

Lennart brachte Eddie warme Milch mit Honig.

»Das hab ich von meiner Großmutter gelernt«, sagte er stolz.

Eddie nahm drei Schlucke, dann hustete er Schleim und mußte sich übergeben.

»Heklig«, sagte er.

Lennart mußte einen Eimer holen. Und Haushaltspapier. Und

dann brachte er den Fernseher und das Videogerät in das Zimmer der Jungen und fuhr zur Tankstelle des Ehepaars Diesel und lieh drei Disney-Filme aus. Dann maß er Eddies Temperatur und gab ihm eine Tablette und brachte ihm roten Saft und gelben Saft. Lennart war ganz fertig von all der Arbeit. Aber Eddie schniefte und lächelte ein bißchen, und Valle lag wie eine große schwarze Decke über seinen Füßen, so daß sie fast kochten. Gekochte Füße, das wär was! Mit Preiselbeeren dazu!

Sobald Lennart einen ruhigen Augenblick hatte, trank er Kaffee. Er stand am Küchenfenster und guckte hinaus und nahm zu jedem Schluck Kaffee ein Stückchen Zucker in den Mund.

»Kaffee schmeckt eigentlich ganz gut«, sagte er laut zu sich selbst. »Ich versteh gar nicht, warum die Leute überhaupt noch anderes als Kaffee trinken. Außerdem wird man auch noch munter davon.«

Da klingelte das Telefon, und Lennart bekam die Nachricht, daß er etwas eher nach Dänemark fahren mußte als geplant, weil er es noch bis zur Nachmittagsfähre schaffen mußte. Er seufzte und ging zu Eddie. Der schlief, genau wie Valle.

Lennart guckte noch ein bißchen in den Videofilm. Was für eine schöne Stimme sie hatte, die kleine Seejungfrau. Wie herrlich wäre das, wenn so eine schöne und klare Frauenstimme jeden Tag in der Hütte trillerte! Dann könnte sich die Stimme um Eddie kümmern, wenn Lennart arbeiten mußte. Ein bißchen anstrengend könnte es auf Dauer allerdings werden, wenn sie jeden Tag so tirilierte.

Lennart stellte das Videogerät und den Fernseher ab, ging zum Küchentisch und schrieb einen ordentlichen Brief an Arne. Er war richtig stolz.

Dann weckte er Eddie und erzählte ihm, daß er eine Fähre eher nach Dänemark nehmen mußte, aber daß er dafür morgen früher zurückkommen würde. Und dann würde er ein großes dänisches Geschenk für Eddie mitbringen.

»Ein rotes Würstchen?« fragte Eddie.

Lennart fand, er atmete sehr schwer.

»Hundert rote Würstchen«, sagte er und deckte seinen Sohn zu. »Und vielleicht sogar ein Spielzeug.«

»Was für ein Spielzeug?« fragte Eddie. Ihm ging es jetzt offenbar viel besser.

»Geht's dir jetzt besser, so daß ich fahren kann?« fragte Lennart.

Eddie nickte.

»Du hast ja Valle und die Schildkröte, und bald kommt Arne nach Hause«, sagte Lennart.

Eddie nickte wieder und guckte zu dem Stuhl neben seinem Bett. Dort hatte Lennart sechs Gläser mit rotem Saft und ein ganz neues Donald-Duck-Heft aufgereiht.

Eddie lächelte lieb, und Lennart pfiff, als er zum Auto ging. Ihm war so ungewöhnlich ordentlich zumute. Heute abend würde er bestimmt nicht mehr als drei Dosen Bier in seinem Hotelzimmer trinken. Höchstens vier. Er hatte immer noch den Kaffeegeschmack im Mund, als er den Laster startete und das geheime Familiensignal hupte, das die Nachbarn verrückt machte. Viermal kurz, achtmal lang und zweimal die verbotene französische Hupe, die eine ganze Melodie spielte.

Eddie sollte sich nicht allein fühlen.

»Für heute reicht es«, sagte Axel, als es zwanzig nach zwei klingelte. Normalerweise hatte er keine Sehnsucht, daß der Schultag ein Ende nahm. Aber jetzt hatte er es eilig, in die Klinik zu kommen. Für einen Augenblick hielt er Arne zurück, als die anderen die Klasse verlassen hatten. Er wollte hören, wie es Valle ging.

»Gut«, sagte Arne. »Ist noch was?«

Die halbe Klasse wartete auf dem Schulhof auf ihn.

»Was war los?« fragte Jorma voller Bewunderung. »Was hast du getan?«

Arne lächelte überlegen und streichelte Jorma über den Kopf. »Ist schon erledigt«, sagte er. »Wollen wir zur Festung?«

»Ja, ja!« riefen mehrere.

»Ich muß aber erst nach Hause und mich umziehen«, sagte Linda.

»Und ich muß nach Hause, essen«, sagte Maria.

»Und ich muß anrufen und zu Hause Bescheid sagen«, sagte Krille.

Aber Arne war schon unterwegs. Der Rucksack hüpfte auf seiner einen Schulter. Er fühlte sich unbeschwerter und freier denn je.

Mimi holte ihn ein.

»Wo ist Eddie?« fragte sie. »Kommt er nicht mit?«

»Nein«, sagte Arne. »Er ist krank.«

»Oh!« sagte Mimi und legte den Kopf schief. »Liegt er ganz allein in eurem einsamen Haus?«

Arne warf ihr einen düsteren Blick zu.

»Hör schon auf«, sagte er, »denkst du, wir sind Tagelöhnerkinder?«

»Tagelöhner, was sind das denn?« fragte Maria, die sie eingeholt hatte.

Arne stöhnte. »Ihr wißt aber auch gar nichts. Habt ihr denn keine Bildung? Ihr könntet nicht in einem einzigen Fernseh-Quiz auftreten, wenn ihr so doof seid, daß ihr nicht mal wißt, was Tagelöhner sind.«

»Ich weiß, Arne!« rief Jorma eifrig. »Das sind die Kinder von den Vätern, die so wenig Tagelohn kriegen, daß sie nicht jeden Tag Hamburger essen können.«

»Genau und fertig«, sagte Arne. »Bald wird es dunkel. Jetzt müssen wir uns beeilen.«

»Jaaa!« riefen die anderen Kinder.

»Wir gucken nach, ob die Höhle noch da ist!«

Mimi schlich sich an Arne heran und legte ihm einen Arm um den Hals.

»Du«, sagte sie, »wenn wir mit Spielen fertig sind, gehen wir zum ›Goldenen Schwan‹. Da hol ich Mama ab, wenn sie mit der Arbeit fertig ist. Dann kriegen wir was zu essen bei Rodolfo und Robert.«

Arnes Gesicht leuchtete auf. Er strahlte Mimi so sehr an, daß ihr innen drin ganz warm wurde.

»O ja, das machen wir«, sagte er. »Lasagne, Chili con carne, Beefsteak, alles, was wir wollen?«

»Vielleicht ein Steak?« schlug Mimi vor.

»Hab ich da eben was von Steak gehört?« fragte Krille neugierig.

»Vergiß es«, sagte Arne und zwinkerte Mimi zu.

Der geheime Plan machte sie froh, und es machte sie froh, daß sie nicht einmal darüber hatten reden müssen, daß er geheim war.

Mimi und Arne liefen den ganzen Hügel zur Festung hinauf, die

Rucksäcke hüpften auf ihren Rücken, und die anderen neun Kinder kamen hinterhergelaufen.

Es kümmerte niemanden, daß der Novemberwind feucht und rauh war und daß das Thermometer fast schon bei null Grad angelangt war und die Dämmerung nahte.

Hilf mir, Harne!

Als Eddie erwachte, fühlte er sich sehr schlecht. Das Kissen war ganz naß, und er bekam kaum Luft. Es fiel ihm schwer, die Augen zu öffnen. Er tastete nach dem Schalter der Bettlampe und knipste sie an. Draußen war es schwarz, und Valle war weg.

»Arne«, rief Eddie, »Harne!«

Er rief viele Male, aber er bekam keine Antwort. Er versuchte sich aufzurichten, war aber so schwach, daß er wieder in die Kissen fiel. Eddie begann zu weinen. Er konnte kaum atmen, in seiner Brust jaulte es, und er hatte ein Gefühl, als ob er überhaupt nicht ausatmen konnte. Einatmen ja, aber kaum aus.

»Harne!« rief er. »Harne!«

Der einzige, der ihn hörte, war Valle. Der hatte sich eine kleine Zwischenmahlzeit aus der Schüssel auf dem Küchenfußboden genehmigt. Er kam herein, wedelte mit dem Schwanz und stellte sich neben das Bett, die Schnauze auf Eddies Beinen.

»Valle«, schluchzte Eddie, »hol Arne, wo ist er? Und wo ist Papa? Hol sie, Valle. Ich will nicht sterben.«

Aber Valle, der sonst alles so gut verstand, stand still neben dem Bett, die Schnauze auf Eddies Beinen, wedelte mit dem Schwanz und sah traurig aus.

Im Restaurant »Goldener Schwan« saßen Arne und Mimi am großen Tisch in der Küche und aßen geräucherte Makrelen.

»Mensch, war das gut«, sagte Arne. Sein Gesicht leuchtete wie eine Sonne.

Mimi pickte nur ein bißchen in ihrem Fisch herum, sah aber trotzdem glücklich aus. Von Mimis Mama Elin bekamen sie nicht viel zu sehen. Ein Herrenklub hatte sein wichtiges Montagstreffen. Da redeten sie von sich und ihren Autos und der Ölheizung, und dabei aßen sie Kartoffelpuffer und tranken Dünnbier. Und Elin mußte die zwölf ganz allein bedienen.

Sie setzte sich einen Moment zum Verschnaufen auf einen Hocker, während Roberto neue Teller füllte, die sie hineintragen sollte.

»Ist Eddie heute nicht mit?« fragte sie Arne.

»Nein, er ist krank«, sagte Arne.

»Das ist aber schade. Was hat er denn?«

»Erkältet. Er steckt den Kopf zu oft in den Kühlschrank. Und in Bäche und so was.«

»Aber warum macht er das?« fragte Elin bestürzt.

»Natürlich um den Kopf kühl zu halten«, antwortete Arne. »Das ist seine eigene Methode.«

»Ich weiß was«, fiel Mimi eifrig ein. »Wir rufen ihn an. Du kannst ihn fragen, ob er was zu essen haben möchte, dann kannst du ihm was im Karton mitnehmen.«

Elin sah ihre Tochter bewundernd an. So weit hätte sie nie gedacht. Aber Arne schüttelte den Kopf.

»Nicht nötig«, sagte er. »Vater ist zu Hause. Er hat erst heute abend wieder eine Fuhre.«

Elin guckte aus dem Fenster.

»Apropos Abend«, sagte sie, »ich bin also noch lange nicht fertig. Wenn ich die Herren da drinnen richtig kenne, dann wollen sie auch noch einiges zum Kaffee haben. Sie haben noch nicht ihre Flaggen vorgeholt, die sie immer auf den Tisch stellen. Kleine Flaggen, die sie von anderen Herrenklubs aus anderen Ländern gekriegt haben. Es ist besser, du gehst nach Hause, Mimi, wenn du mit Essen fertig bist. Papa ist bestimmt schon da.«

»Und Arne?« fragte Mimi.

Elin sah verwirrt aus.

»Arne muß wohl auch nach Hause. Ihr habt doch sicher Hausaufgaben für morgen auf?«

Mimi warf ihrer Mutter einen kühlen Blick zu, und Arne schien das Ganze plötzlich satt zu haben. Resolut stand er auf und holte eine Aluform, die neben dem Kühlschrank stand, und begann, sie mit kalter geräucherter Makrele für seinen Bruder zu füllen.

»Für alle Fälle«, murmelte er vor sich hin.

Beim Busbahnhof blieben sie lange stehen.

»Du kannst trotzdem mit zu mir nach Hause kommen, Arne«, sagte Mimi. »Es ist ja erst sieben. Ich will dir meinen Wecker zeigen. Der kann reden.«

Arnes Augen wurden ganz rund.

»Hast du eine *talking clock*?« rief er. »So eine hab ich in einem Katalog gesehen, aber noch nie in Wirklichkeit.«

»Wirklich nicht?« Mimi war ganz erstaunt.

Arne hatte seine Fassung wiedergefunden.

»Na klar doch!« berichtigte er sich. »Als ich noch in Stockholm wohnte, hab ich natürlich einen Haufen solcher Uhren gesehen. Oder besser gesagt gehört. Ich hatte mal einen Freund, der hatte eine Uhr, die konnte fünf Sprachen sprechen.«

Mimis erwartungsvolles Lächeln wollte gerade erlöschen, als Arne ihren Arm ergriff und sagte: »Aber ich will mir zur Abwechslung auch gern mal so eine Göteborger Uhr angucken. Es ist ja erst sieben.«

»Oder *seven*«, sagte Mimi, »wie meine Uhr zu sagen pflegt.«

»Um sieben legt die Fähre nach Dänemark ab«, sagte Arne nachdenklich. »Aber wenn ich den Acht-Uhr-Bus nehme, bin ich um halb neun zu Hause. Ich kann Eddie von dir aus anrufen und es ihm sagen.«

Mit satten Mägen trotteten sie die Straße entlang. Die Rucksäcke fühlten sich überhaupt nicht schwer an. Der Himmel war klar geworden, und mehrere Sterne leuchteten auf sie herunter.

Sobald sie in der Wohnung waren, wollte Arne Eddie anrufen. Er guckte Mimis Papa Oskar, der im Flur stand und telefonierte, so böse an, daß der sein Gespräch mit einem Mitglied des Gesangvereins der Post abkürzte.

Arne ließ es sechzehnmal klingeln, aber Eddie nahm nicht ab, und jetzt machte Arne sich Sorgen.

»Wenn ich renne, kriege ich noch den Zwanzig-nach-sieben-Bus!« rief er und war schon unten auf der Treppe.

»Aber meine sprechende Uhr?« schrie Mimi.

Das hörte Arne nicht mehr.

Er lief, so schnell er konnte, die Straße entlang und bog in die kleine Gasse ein, die eine Abkürzung zum Busbahnhof war. Der Bus ordnete sich schon zum Abbiegen in die große Straße ein, als Arne kam, aber er mußte warten, und Arne holte ihn ein und hämmerte mit beiden Händen gegen die Tür. Diesmal war es der nette Busfahrer. Er lachte Arne an.

Aber Arne lachte nicht. Er spürte sein Herz schlagen, als er sich gegen die eiskalte Buswand drückte und durch ein Seitenfenster in den dunklen Abend hinausschaute. Die Scheibe war beschlagen. Noch nie war der Bus so langsam gefahren. Arne bekam fast Bauchschmerzen, so langsam schlich der Bus voran. Er schlug sich selbst mit den Fäusten gegen die Schläfen, so fest er konnte.

»Was für ein Mega-Idiot ich bin«, stöhnte er. »Ich weiß, daß Eddie was passiert ist.«

Ein Herr auf dem Sitz vor ihm drehte sich um und sah ihn streng an. Aber das merkte Arne nicht. Als der Bus an der Haltestelle vor der Tankstelle des Ehepaars Diesel bremste, stand Arne schon auf der untersten Treppenstufe und sprang.

Und dann lief er. Den Rucksack warf er in einen Graben, um schneller über den Acker des Bauern laufen zu können. Er kletterte über den Zaun, warf die Stiefel von sich und rannte barfuß über die Wiesen auf das Feld zu. Arne hatte Blutgeschmack im Mund, als er den kleinen Hof des Bauern überquerte.

Endlich hatte er nur noch den Hang vor sich. Im Haus brannte kein Licht, nur die Lampe an der Tür. Der Vorplatz war leer – natürlich, Lennart mußte gerade abgefahren sein. Aber warum hatte Eddie da drinnen kein Licht an? Und warum bellte Valle nicht? Arne holte tief Luft, als er die Tür öffnete.

»Wenn er nur nicht tot ist«, flüsterte er, und gleich darauf brüllte er: »EDDIE! Bist du da?«

Gekidnappt? Nein, nicht mit so einem Wachhund. Arne machte Licht im großen Zimmer, und sofort kam Valle auf ihn zugetappt und begrüßte ihn.

»Hallo, Valle, wo ist Eddie?« Arne stürzte außer Atem am Hund vorbei in das Jungenzimmer und knipste Licht an. Neben Eddies Bett sank er auf dem Boden nieder.

»Eddie, gib doch Antwort, was ist los?«

Es rasselte und jaulte in Eddies Brust. Er war sehr blaß und wimmerte leise. Seine Augen waren rot und gereizt, als er seinen großen Bruder ansah und eine Hand ausstreckte.

»Hilf mir, Harne!« flüsterte Eddie. »Sonst sterb hich . . . Hich kann nicht hatmen.«

Arne begann zu schluchzen.

»Neunzigtausend, neunzigtausend«, sagte er und ließ Eddie los. Er mußte den Notarzt rufen.

Plötzlich konnte er das Telefon nicht finden. Er erinnerte sich nicht daran, wo es war, obwohl es immer an derselben Stelle gestanden hatte. Aber Valle zeigte ihm den Weg in die Küche.

»Ach ja, natürlich«, sagte Arne. »Der Krankenwagen muß ganz, ganz schnell kommen.«

Er hob den Hörer ab und versuchte zu telefonieren. Aber die Telefonleitung war tot.

»Verdammter Kerl!« schrie Arne. »Jetzt haben sie das Telefon wieder abgestellt.«

Aber so war es nicht. Als er den Hörer aufgelegt hatte und wieder abhob, hörte er das Freizeichen, und er wählte die neun und fünf Nullen, wie er es gelernt hatte bei einem Besuch der Polizei in der Schule.

»Neunzigtausend muß man wählen, wenn man wirklich in Not ist, sonst niemals.«

Eine Dame meldete sich, und Arne schrie:

»Wir sind in Not! Mein Bruder. Mein kleiner Bruder. Er kann nicht atmen!«

»Immer mit der Ruhe«, sagte die Dame am anderen Ende unerwartet freundlich. »Erzähl mir erst, wie du heißt, dann genau, wo du wohnst. Sind deine Mama oder dein Papa zu Hause?«

Arne schüttelte den Kopf, aber das konnte die Dame ja nicht hören. Tränen liefen Arne über die Backen, während Valle seine nackten Füße leckte.

»Hallo, bist du noch da?« fragte die Dame freundlich. »Setz dich auf einen Stuhl, so, gut, jetzt atme tief durch und sag mir zuerst, wie du heißt . . .«

Schließlich hatte Arne sich so weit gefangen, daß er ihr Namen und die Telefonnummer nennen und den verzwickten Weg zu ihrem Häuschen beschreiben konnte. Er sollte sich zu seinem Bruder setzen, bis der Krankenwagen kam, sagte die Dame.

Arne ging in das Jungenzimmer und setzte sich an Eddies Bett. Es klang schrecklich, wenn Eddie atmete. Er preßte die Hände gegen die Brust.

»Der Rücken tut auch weh«, flüsterte Eddie. »Hier!« Er versuchte zwischen seine Schulterblätter zu zeigen, sank aber wieder in die Kissen.

»Bleib ruhig, Eddie«, sagte Arne. »Nicht sprechen. Der Krankenwagen kommt bald.«

»Der Krankenwagen?« fragte Eddie. »Zu huns raus? Geht das denn?«

Arne nickte. »Wenn du nur wieder gesund wirst, dann kriegst du mein Skateboard. Also mein altes.«

Eddie lächelte ein bißchen, aber dann verzog sich sein Gesicht wieder vor Schmerzen.

Arne begann, im Zimmer herumzugehen, rundherum, rundherum. Er konnte einfach nicht stillsitzen. Er öffnete das Fenster, um zu hören, wenn der Krankenwagen kam, aber es dauerte bestimmt eine Ewigkeit. Wenn es doch jemanden gäbe, den er anrufen könnte. Die Fähre nach Dänemark? Nein, er wußte nicht, wie man das machte, wenn man jemanden auf der Fähre anrufen wollte. Das ging wohl nicht. Alma Diesel? Nein, die würde bloß schimpfen. Arne dachte heftig nach. Jaa! Axel Jonsson. Er lief in die Küche, nahm die Klassenliste vom Kühlschrank und wählte mit nervösen Fingern die Telefonnummer von seinem Lehrer. Er ließ es dreimal klingeln, viermal . . . sechsunddreißigmal . . . Niemand hob ab. Da hörte er die Sirene.

Arne stürzte auf den Hof und begann, dem Krankenwagen mit den Armen zu winken.

Als der erste Mann aus dem Krankenwagen sprang, stürzte Arne zu ihm, warf sich in seine Arme und weinte, während er zum Haus zeigte. Der andere Mann stürmte hinein. Genauso schnell war er wieder draußen, Eddie auf den Armen.

»Sicher Asthma«, sagte er zu seinem Kollegen.

»Bald kriegst du etwas einzuatmen, dann geht es dir besser«, sagte er zu Eddie und trug ihn in den Krankenwagen.

»Hasthma«, flüsterte Eddie und wandte dem Krankenwagenonkel sein kleines, blasses Gesicht zu. »Hich hab Hasthma? Was hist das?«

Hunfall-Haufnahme, Hasthma . . .

Viele Male hatte Arne sich schon gewünscht, einmal in einem Krankenwagen mitfahren zu dürfen. Aber jetzt, wo es soweit war, fand er es überhaupt nicht mehr schön. Einmal war er mit der Feuerwehr gefahren, aber das zählte nicht. Das war auf dem Weihnachtsmarkt gewesen, wo Kinder für fünf Kronen in einem Feuerwehrauto aus der Steinzeit eine Runde um den Marktplatz fahren durften.

In einem Polizeiauto hatte Arne auch einmal gesessen, aber das zählte nun überhaupt nicht. Das war das Auto von einem Polizist gewesen, den Papa kannte. An einem Sonntagnachmittag war er vorgefahren, um mitzuteilen, daß die Mama der Jungen bei einem Verkehrsunfall schwer verletzt worden war.

Während der Polizist und Papa sich in der Küche unterhielten, hatten Arne und Eddie die Gelegenheit wahrgenommen und waren zum Probesitzen in das Polizeiauto gestiegen. Aber als sie gerade die Heule auf dem Dach in Gang setzen wollten, war der Polizist herausgekommen und hatte ihnen fünf Kronen für Süßigkeiten geschenkt. Das war keine schöne Erinnerung, weil ihre Mama nie wieder gesund geworden war.

Weich und vorsichtig fuhr der Krankenwagen über den Waldweg und dann schneller auf der Landstraße. Eddie lag auf einer Pritsche und mußte aus einem brummenden, dampfenden Apparat, den einer der Krankenwagenmänner betätigte, einatmen, damit er besser Luft bekam. Der Sanitäter redete dabei freundlich mit Eddie und Arne. Irgendwie war es ganz behaglich und dennoch schrecklich, mit dem Krankenwagen zu fahren. Der andere Mann saß am Steuer und redete über Funk mit dem Krankenhaus in Göteborg, das sie aufnehmen sollte.

Arne war plötzlich sehr müde und verwirrt. Dieser Krankenwagenmann behielt wirklich einen klaren Kopf. Obwohl er viel mit Eddie zu tun hatte, fragte er Arne, wie es ihm ging, und dann holte er eine Tafel Schokolade aus seiner Tasche und gab sie Arne.

»Du kannst alles haben, Arne«, sagte er. »Ich hab sie für meine Frau gekauft, aber sie schimpft doch nur mit mir, weil es sie dick macht.«

Arne lachte, und es ging ihm gleich besser, nachdem er die Schokolade gegessen hatte. Daß der Mann ihn Arne genannt hatte! Daß er sich daran erinnerte! Er selber hieß Kent, und der Mann am Steuer hieß Torsten.

Arne wünschte, sie könnten so lange im Krankenwagen bleiben, bis Eddie wieder gesund war, und dann würden sie wieder zurück zu ihrem leeren Haus fahren.

Leer! Was sollte mit Valle werden? Ihn hatte er ganz vergessen. Und Maxon Jonsson? Wie ging es ihm in seinem Glas?

»Kriegst du jetzt ein bißchen besser Luft?« fragte Kent Eddie, als sie beim Krankenhaus ankamen, und Eddie nickte schwach. Kent und Torsten rollten Eddie auf einer Trage, und Arne folgte ihnen dicht auf den Fersen. Auf einem großen Schild stand »Unfall-Aufnahme«.

Eine Krankenschwester nahm sie in Empfang. Sie war sehr freundlich und nett, obwohl sie nur mit Kent sprach.

Eddie wurde hineingerollt, und Arne ging hinterher. Ihm war kalt. Eddie war mit einer gelben Wolldecke zugedeckt, an der er herumzupfte. Die Krankenschwester fragte nach ihren Eltern, und dann lächelte sie wieder und sagte, der Doktor werde gleich kommen.

»Wo sind wir?« flüsterte Eddie. Seine Stimme klang ganz komisch.

»In der Unfall-Aufnahme«, antwortete Arne. »Das hat am Haus gestanden.«

»Hunfall-Haufnahme«, sagte Eddie unglücklich. »Muß hich jetzt himmer hierbleiben?«

»Wenn du bloß aufhören würdest, so zu reden, Eddie«, sagte Arne und nahm seine Hand. »Sonst schicken sie dich auch noch in ein Sprechkrankenhaus.«

Jetzt kam der Doktor. Er trug einen weißen Kittel, und hinter den viereckigen Brillengläsern hatte er ganz runde, milde Augen. Außerdem hatte er einen Bart und Lachgrübchen. Er sah nett aus. Er sagte, er heiße Petrus.

»Das ist mein kleiner Bruder Eddie«, sagte Arne und brach in Tränen aus. »Er ist furchtbar krank.«

Die Krankenschwester, die daneben stand, strich Arne mehrmals über die Haare. Es war ein schönes Gefühl, obwohl sie ziemlich kalte und harte Hände hatte.

Doktor Petrus wandte sich direkt an Eddie.

»Hast du schon länger Schwierigkeiten mit dem Atmen?« fragte er und horchte mit dem Stethoskop an Eddies Rücken die Lungen ab. Seine runden Augen waren sehr ernst. »Das klingt wie Asthma!« sagte er. »Hast du das schon mal gehabt?«

»Hasthma?« flüsterte Eddie und guckte den Doktor an. »Das hab hich bestimmt nicht.«

Arne nahm den Doktor am Arm. »So redet Eddie nur, wenn er nervös ist. Hentschuldigen Sie bitte.«

Der Doktor lächelte und wandte sich an Arne.

»Hat es schon öfter in Eddies Brust gejault, wenn er erkältet war?« fragte er.

Arne schüttelte den Kopf. Doktor Petrus wandte sich an Eddie.

»Hast du was gemerkt, wenn du mit Hunden oder Katzen zusammen warst?« fragte er. »Weißt du, ob du gegen irgendwas allergisch bist?«

»Hallergisch?« fragte Eddie.

»Habt ihr einen Hund oder eine Katze?« fragte der Doktor.

»Nein, nein!« sagte Arne sehr bestimmt und lachte, während Eddie nickte.

»Heinen Hund«, flüsterte er.

Arne war ganz verwirrt und fiel sich selbst ins Wort. »Na klar, das hab ich ja ganz vergessen. Ich hab Schwierigkeiten mit dem Kurzzeitgedächtnis. Die haben angefangen, als ich im Sommer tausend Meter unter Wasser gekrault bin. Hab ein bißchen Wasser ins Hirn gekriegt. Doch, der Hund von meinem Lehrer ist bei uns, weil er ein Baby gekriegt hat.«

68

»Wer, der Hund oder der Lehrer?« fragte der Doktor und lächelte Arne an.

Ganz offenbar hatte Valle Eddie krank gemacht. Eddie fing an zu weinen, als er begriff, daß er nie mehr mit Valle zusammen sein durfte. Nie mehr?

»Nein, leider«, sagte Doktor Petrus.

»Jetzt versuchen wir, euren Papa zu erreichen«, sagte die Krankenschwester.

»Er ist in Dänemark und trinkt Bier«, sagte Eddie hilfsbereit.

»Nein, nein«, rief Arne. »Eddie macht bloß Spaß. Das macht er manchmal.«

»Ja!« stimmte Eddie zu. »Ich hab Spaß gemacht. Papa ist in Deutschland und trinkt Bier.«

»Wir werden ihn schon finden«, sagte Doktor Petrus freundlich. »Du bleibst heute nacht bei uns und kriegst eine gute Medizin, damit das Asthma nachläßt.«

Bald kamen zwei jüngere, bärtige Typen in kurzen weißen Jacken und Jeans. Der eine hatte sogar einen Ring im Ohr. Die reinste Rock-Band.

»Auf geht's, Jungs«, sagte der eine.

Sie rollten mit Eddie davon, und Arne folgte ihnen durch eine Glastür. Schließlich ging es in einen großen Lift. Mit dem fuhren sie zur Station 23 im zweiten Stock hinauf. Arne durfte auf den Knopf drücken.

Im Lift war es mäuschenstill, aber als sie ankamen, rief eine klare und energische Frauenstimme:

»Zweiter Stock!«

Arne traf fast der Schlag. Erschrocken starrte er die bärtigen Typen an. Der Typ mit dem Ring im Ohr hatte tatsächlich die ganze Zeit keinen Ton gesagt. Der andere hatte jedenfalls gesagt »auf geht's, Jungs«, und er hatte Arne gezeigt, auf welchen Knopf er drücken sollte. Der mit dem Bart und dem Ring im Ohr hatte die Frauenstimme. Arne beschloß, sich niemals einen Ring ins Ohr zu stecken.

Eddie lag mit geschlossenen Augen in seinem rollenden Bett. Arne beugte sich vor, als sich die Tür zur Station 23 öffnete. Er legte seinen Kopf auf Eddies magere kleine Brust. Nein, er war nicht tot. Er atmete. Er nieste sogar im Schlaf gegen Arnes wuschliges Haar.

»Jetzt mußt du den Kopf wegnehmen, damit wir reinfahren können«, sagte der Mann mit der Frauenstimme. Er hatte eine Männerstimme! Sehr mysteriös. Vermutlich war er Bauchredner. Vielleicht konnte man sich doch einen Ring ins Ohr stecken.

Arne richtete sich auf und entdeckte eine Uhr, die im Flur der Station 23 hing. Die Uhr zeigte fünf Minuten nach halb neun. Das würde Arne nie vergessen, denn das war der Moment, als er Klara zum erstenmal traf.

Fünf Bier
in Dänemark

Klara sah aus wie ein Engel. Sie war groß und hell und hatte einen fröhlichen Mund und massenhaft Sommersprossen. Die Haare standen wie eine Wolke um ihren Kopf, und sie trug einen rotweiß gestreiften Kittel über weißen langen Hosen. An ihrer Brusttasche saß eine knallgelbe Brosche, auf der Pluto war. Arne konnte nicht aufhören, sich zu wundern, wie kindisch Erwachsene waren. Kurt Diesel von der Tankstelle zum Beispiel, der machte jeden Samstagmorgen Seilspringen in seiner Garage, obwohl er schon achtundvierzig Jahre alt war. Arne und Eddie hatten es mehrere Male gesehen. Sie hatten zwar noch nie gesehen, wie Kurt Diesel »Himmel und Hölle« spielte, aber das konnte ja noch kommen.

Klara hatte hellblaue, fröhliche Augen und begrüßte Arne ordentlich mit Handschlag und sagte, sie heiße Klara.

»Und Papa glänzt durch Abwesenheit, wie ich sehe«, sagte sie.

Arne guckte sie bewundernd an. Sie war wirklich gut. Er mochte Klara sofort.

Dann beugte sie sich über Eddie und begrüßte ihn auch, aber er rasselte nur und hustete Schleim.

»Und wie geht es dem kleinen Mann? Es ist sehr anstrengend, nicht?« sagte Klara.

Der kleine Mann! Arne lachte Tränen. Er wußte gar nicht, warum er plötzlich so fröhlich war.

»Sicher geht's dir schon besser, seit du Sultanol eingeatmet hast, nicht?« fragte Klara Eddie. »Bald kriegst du eine kleine Nadel in den Arm, und über einen Tropf bekommst du Cortison, dann fühlst du dich noch besser.«

Eddie guckte zu Klara auf.

»Bist du der Chef hier?« fragte er.

»Das kann man wirklich sagen«, antwortete Klara und richtete sich auf. »Jedenfalls im Augenblick. Nein, ich mach bloß Spaß. Ich bin Kinderschwester, und das heißt, daß ich mich um die Kinder in dieser Station kümmere, und du bist eins von ihnen.«

»Wohnst du hier?« fragte Arne.

»Nein, nein, ich muß bald nach Hause, meine Tiere füttern«, sagte Klara.

»Bist du denn nicht allergisch?« fragte Arne.

Klara schüttelte den Kopf und lächelte. »Nein, zum Glück nicht. Sonst gäb's Probleme. Ich hab eine Katze, einen Hund und eine Kuh. Im Haus reicht einem der Staub bis zu den Kniekehlen, und von oben kommen Birkenpollen. Das Haus ist alt, und ich gehe jede Wette ein, daß es auch voller Schimmel ist . . .«

Arne sah Klara an. Was für ein Mädchen!

»Aber jetzt muß Eddie ein Zimmer haben«, fuhr Klara fort und kratzte sich an der Nase. »Er kommt in Nummer vier. Da liegen schon drei Patienten, Eddie wird also der vierte.«

Ein As in Mathe war sie auch. Arne hätte ihre Sommersprossen zählen mögen.

»Darf Harne bei mir schlafen?« fragte Eddie und guckte Klara besorgt an. »Hich hab noch nie hallein geschlafen.«

»Darauf kannst du Gift nehmen«, sagte Klara. »Jetzt machen wir die Betten.«

Eddie wurde in ein richtiges Bett gelegt. Suckan, ein Punker mit bernsteinfarbenen Augen und einem rosa und einem lila Schuh, half Klara dabei.

Arne folgte den beiden ins Zimmer. Bei einem Jungen brannte noch Licht. Er lag da und guckte in ein Buch. Er hatte einen Schlauch im Arm und atmete in einen Apparat. Klara lächelte ihn an.

»Jetzt mußt du das Licht ausmachen, Tomas«, sagte sie. »Sonst komm ich dir morgen früh was vorsingen.«

Tomas machte sofort das Licht aus.

Klara zeigte Arne den Kleiderschrank mit Schlüssel. Er war direkt neben dem Bett. Dort hängte Arne Papas schmutzigen Anorak auf, den Eddie angehabt hatte, und seine eigene Lederjacke. Arnes Bett war direkt neben Eddies, nur viel niedriger. Gleich daneben war ein großes Fenster. Er schaute hinaus in den Novemberabend. Straßen und Tannen und Autos sah er und Straßenlaternen.

»Na«, sagte Klara, »wollen wir jetzt mal versuchen, ob wir euren Papa erreichen? In welchem Hotel in Dänemark wohnt er?«

Arne schüttelte ein bißchen bekümmert den Kopf. Er fragte sich, ob Klara ihn verantwortungslos fand, weil er es nicht wußte.

Klara begann, Eddies Arm mit einer geheimnisvollen Salbe einzureiben. Sie hieß die geheime Salbe. Das Geheime daran war, daß sie den Arm betäubte, so daß Eddie nicht mehr viel fühlen würde, wenn in einer Stunde die Krankenschwester kam und die Nadel hineinsteckte.

Es war ganz still im Zimmer. Eddie war wieder eingeschlafen. Er lag unter der gelben Decke in einem weißen Hemd, das man ihm angezogen hatte, und in seiner Brust rasselte es immer noch. Klara fragte, ob Arne auch ein Krankenhausnachthemd haben wollte, aber das wollte er auf keinen Fall.

»Ich schlaf in Unterhosen wie James Bond«, sagte er.

Klara lächelte ihn lieb an, und Arne fühlte sich fast zufrieden. Er schielte zu Eddie. Der würde bestimmt wieder gesund werden. Als Eddie gefragt hatte, ob er nun immer im Krankenhaus bleiben müsse, hatte Arne einen Augenblick überlegt, wie das wäre, wenn er ein Zimmer für sich allein hätte. Niemand, der ihn morgens an den Ohren zog. Keine Frösche im Bett. Keine nervigen Fragen. Kein Rasseln und Schnarchen in der Nacht.

Er würde die Möbel ein bißchen umstellen. Zum Beispiel würde er ein riesiges Plakat mit einem Motorrad, auf dem ein Affe saß, an die Wand pinnen. Eddie hätte das sicher gefallen. Aber Eddie würde dann ja nicht mehr in dem Zimmer wohnen . . .

Arne hielt seinen Tagtraum an und beschloß für sich, daß es gut war, wenn Eddie wieder nach Hause kam. Er döste ein und hörte aus weiter Entfernung, wie eine männliche Krankenschwester, die Tony Steel hieß, hereinkam und Eddie eine Nadel in den Arm pikte, damit er auf diesem Weg Medizin bekam.

Eddie fühlte den Stich kaum. Trotzdem kriegte er hinterher eine

Goldmedaille. Tony Steels Tapferkeitsmedaille! Vorsichtig legte Eddie sie in die Schublade. Wenn er groß war, würde er sich einen besonderen Schrank anschaffen, in dem er seine erste Medaille verwahrte. Arne war furchtbar müde und gerade beim Einschlafen, als er Klara flüsternd fragen hörte, ob er heißen Kakao und Butterbrote haben wollte.

Arne richtete sich auf. Hatte er geträumt? Nein, da stand sie vor ihm mit einem Tablett in der Hand.

»Kriegt man hier auch was zu essen?« sagte er erstaunt. »Was für 'n *place*!«

Lennart saß in einer kleinen Kneipe in Ålborg und versuchte, das Kreuzworträtsel in einer schwedischen Abendzeitung zu lösen. Er hatte vier Bier getrunken, und die hatte er sich verdient. Der Eßsaal auf der Fähre war voller Rentner gewesen, und dann Bingo und all der Mist und vor der Kasse endlose Schlangen, als er zollfrei Zigaretten einkaufen wollte. Dann hatte der dänische Zoll in Fredrikshavn Schwierigkeiten gemacht, weil er vorn am Laster nur ein halbes Nummernschild hatte. (Wer war schuld? Arne?)

Als er endlich in Ålborg angekommen war, waren die Leute nicht mehr da, die seine Fracht, schmiedeeiserne Kerzenhalter aus Emmaboda, abladen sollten. Da hatte er tatsächlich Lust gehabt, sich auf den Gehweg zu legen und auf den Sommer zu warten.

Ein alter Lagerarbeiter hatte sich schließlich seiner erbarmt, und danach war Lennart geradewegs zum Hotel gefahren, um die Jungen zu Hause anzurufen. Aber als er sich den Zimmerschlüssel vom Empfang abgeholt hatte, war ihm Preben Lund über den Weg gelaufen, ein dänischer Lastwagenfahrer, den er bestimmt acht Jahre nicht gesehen hatte, und da waren sie in die Kneipe gegangen und hatten ein paar gehoben, bis Preben von seiner Frau abgeholt wurde. Lennart war bei einigen Bierchen sitzen geblieben und beschloß, daß das vierte das letzte sein sollte. Dann würde er ins Hotel gehen und die Jungs anrufen und früh schlafen gehen. Dann würde er es morgen noch schaffen, ein paar Geschenke zu kaufen, bevor die Fähre nach Göteborg ablegte. Er hatte tatsächlich Sehnsucht nach zu Hause. Es war wirklich kein Vergnügen für Lennart, einen kleinen kranken Jungen allein zu Hause im Bett zurückzulassen. Wenn nur ein Mensch begriff, wie schrecklich es für Lennart war, daß er seinen armen, kleinen Jungen verlassen mußte! Als Lennart darüber nachdachte, wurde er so traurig, daß er sich noch ein Bier bestellen mußte.

Fünf Bier an einem Abend in Dänemark, das war wirklich nicht viel. Die Schnäpse mit Preben zählten nicht, weil Preben sie ausgegeben hatte.

Lennart fühlte sich ganz toll, weil er ein bißchen im Bierglas übrigließ, als er ins Hotel ging.

»Da hast du's«, sagte er und trat gegen das Stuhlbein. Er dachte an seinen Papa, der ihn immer gezwungen hatte, alles bis zum letzten Tropfen Milch auszutrinken und auch noch den letzten Wurstzipfel auf dem Teller aufzuessen.

Lennart rief zu Hause an, aber dort hob niemand ab. Das fand er so traurig, daß er einschlief, angezogen, wie er war.

Er träumte von dem Holzpferd, das er mit eigenen Händen für die Jungen gemacht hatte, als sie noch klein gewesen waren. Auf nichts war er jemals so stolz gewesen wie auf dieses Holzpferd. Aber jetzt waren sie zu groß dafür geworden. Sie waren so groß, daß sie sich noch nicht mal am Telefon melden konnten. Lennart schlief bis zum nächsten Morgen um fünf. Dann versuchte er wieder, zu Hause anzurufen. Aber die Jungen meldeten sich nicht. Natürlich schliefen sie, wie unschuldige kleine Kinder schlafen. Trotzdem machte Lennart sich Sorgen. Rasch sammelte er zusammen, was ihm gehörte, ging nach unten, bezahlte das Zimmer und fuhr nach Norden.

Alle Mann
an die Pumpen!

Nachdem er gegessen hatte, konnte Arne nicht wieder einschlafen. Klara hatte gute Nacht gesagt und war nach Hause zu ihren Tieren gegangen. Es gab einen Knopf, auf den konnte man drücken, wenn man etwas wollte, aber Arne wollte nichts. Leise stand er auf, das war er von zu Hause so gewohnt, und schlich im Zimmer herum. Eddie schlief ziemlich tief, den dünnen Arm ausgestreckt. In den tropfte Medizin aus einer Vorrichtung, die aussah wie ein kleiner Laternenpfahl. Anstelle der Lampe hing oben der Behälter mit der Flüssigkeit.

Im Bett neben Arne lag Tomas. Der war sofort eingeschlafen, nachdem Klara ihm gedroht hatte, ihm am nächsten Morgen etwas vorzusingen. Dann sang sie wahrscheinlich noch schlechter als Krille. In einem Bett neben Tomas schlief seine Mama. Jedenfalls hatte sie lange Haare und trug einen Trainingsoverall, also war es wohl eine Mama. Im Bett gegenüber von Eddie lag ein großer Junge von etwa siebzehn Jahren und neben ihm ein Mädchen, von dem nur die Haare zu sehen waren. Die lagen über das Kissen gebreitet wie ein großes gelbes Rührei.

Mitten im Zimmer standen ein Tisch und einige Stühle, und auf dem Tisch lag ein Puzzlespiel. Aber jetzt in der Nacht war es kein bißchen gemütlich. Einsam, geruchlos und leer. Keine Musik, keine Teppiche auf dem Fußboden, und das einzige Geräusch kam von der gelben Medizinmaschine neben Eddies Bett.

Arne fühlte sich wieder sehr unglücklich und schlich hinaus in den Flur, der schwach beleuchtet war. Er entdeckte ein Münztelefon und hatte sofort eine glänzende Idee. Er stürzte zurück ins Zimmer und holte vier Ein-Kronen-Stücke aus seiner Jacke. Fast hätte er angefangen zu pfeifen. Elin, Mimis Mama, ihr konnte er alles erzählen.

Das Telefonbuch zu lesen war anstrengend, es gab zwölf Leute, die Ljung hießen. Aber da war er. Ljung, Oskar, Briefträger.

Arne fühlte, wie sein Herz hämmerte, als er die Nummer wählte. Plötzlich stiegen ihm die Tränen in die Augen, als er hörte, wie jemand weit, weit weg in Mimis Welt den Telefonhörer abnahm. Es war Oskar.

»Hallo, hier ist Arne . . . Ich möchte gern mit Elin sprechen.«

»Elin . . . nein, das geht nicht, sie hat heute abend Kursus. Da soll sie lernen, mit dem Rauchen aufzuhören. Sie kommt erst sehr spät nach Hause. Wolltest du etwas Besonderes?«

Arne schluckte und schüttelte den Kopf.

»Hallo, Arne, bist du noch da? Kann ich dir irgendwie helfen? Es klingt so, als ob du aus einer Telefonzelle anrufst.«

»Ja, ist Mimi zu Hause? Kann ich mit ihr sprechen?«

»Ich finde, dafür ist es ein bißchen zu spät, Arne, ihr könnt euch ja morgen in der Schule unterhalten . . .«

»Bitte . . .«

»Ja, ja, ich will mal sehen. Sie schläft wahrscheinlich schon.«
Arne wartete eine Ewigkeit.
»Hallo, hier ist Mimi.«
»Hallo, hier ist Arne.«
»Hallo!«
»Hallo!«
»Was willst du?«
»Nichts Besonderes.«
»Oooh.«
»Also, übrigens, als ich bei dir war, da hatte ich es doch plötzlich so eilig und mußte zu Eddie . . .«
»Ja . . .«
»Also, und als ich bei Eddie ankam, da war er krank . . .«
»Mmm . . .«
»Da ist mir eingefallen, daß ich mir deine sprechende Uhr vielleicht später angucken kann.«
»Klar, Arne. So machen wir das. Wenn du willst. Tschüs.«
Arne legte langsam den Hörer auf und guckte sich im Flur um. Da waren eine Menge Türen mit Glasfenstern zu verschiedenen Zimmern. Die Rollos vor den Fenstern waren heruntergezogen.
Am Ende des Flurs war ein kleines Spielzimmer mit einer Rutschbahn aus rotem Plastik, einem Puppenherd und Kuscheltieren, die in der schwachen Beleuchtung gespenstisch aussahen. Am anderen Ende des Spielzimmers führte eine Tür auf einen Korridor, der genauso aussah wie der, aus dem Arne kam. Er spazierte auf diesem Korridor weiter, und jetzt kam er an einem kleinen Zimmer mit halboffener Tür vorbei. Einige große Mädchen in weißen Kit-

teln saßen dort und tranken Kaffee und unterhielten sich leise mit fröhlichen Stimmen. Eine mußte etwas richtig Wahnsinniges erzählt haben, denn plötzlich lachten alle auf einmal, und dann klirrte Porzellan. Am Ende des Flurs war ein langer Tresen, wo sich die Leute anmelden mußten, und dort saß die Krankenschwester Tony Steel und telefonierte. Er sah nicht, wie Arne sich reckte, um die Türklinke zur Stationstür zu erreichen. Gerade hoch genug für eine Giraffe, dachte Arne. Der Tischler, der diese Tür gemacht hat, muß ziemlich besoffen gewesen sein. Schließlich erwischte Arne die Giraffenklinke, öffnete die Tür und schloß sie leise hinter sich. Dann verließ er die Station.

Zuerst sah er die Treppe, aber der Lift lockte ihn mehr. Als der kam, stieg er ein und drückte auf den Knopf für den dritten Stock. Ein kleiner Ruck nur, und schon war er da. Zuerst war es still, aber dann ertönte die energische Frauenstimme:»Dritter Stock!« Arne sah sich hastig um, aber er war nachweislich allein im Lift. Wo die Tante wohl saß? Wahrscheinlich in einem Liftleitturm mit vielen Knöpfen und Wandvertäfelung hoch über seinem Kopf.

Die Türen gingen auf, aber Arne blieb im Lift stehen. Er legte den Kopf zurück und rief, so laut er konnte, zur Decke hinauf:»Welches Stockwerk ist am besten?«

»Das Erdgeschoß, da gibt's nämlich ein Café mit berühmtem Eis«, antwortete eine entschiedene Stimme, aber keine Frauenstimme, sondern eine typische Männerstimme, die zu einem Doktor mit freundlichen blaugrauen Augen gehörte. Mit nachdenklichem Gesicht verschwand er in der Station. Wahrscheinlich dachte er an Eis.

Arne fuhr zum Erdgeschoß hinunter, verließ den Lift und gelangte in eine riesige Halle. Mit offenem Mund blieb er stehen. Das konnte nicht wahr sein. Er mußte noch ziemlich viel Wasser vom letzten Sommer im Kopf haben, seit er unter Wasser geschwommen war, denn jetzt war er ganz durchgedreht, ehrlich. Total übergeschnappt!

Die riesige Halle war genauso eindrucksvoll wie die Ankunftshalle vom Göteborger Flughafen. Aber hier war nicht eine Menschenseele. Der Raum war nur schwach erleuchtet. Das Unglaubliche und Phantastische an diesem Raum war, daß er fast ganz von einem mächtigen Segelschiff ausgefüllt war.

Ein Schiff mit Reling und Steuerrad, Masten und Stagen, Fallreep, Vorpiek, Taljen und Tauen. Kapitän Krook hätte kein besseres Schiff haben können.

Und Arne liebte alte große Holzschiffe! Sein Papa war in Bohuslän an der schwedischen Westküste aufgewachsen. Einmal war Arne dabeigewesen, als Lennart einen alten Freund aus der Kindheit in Lysekil besuchte. Da waren sie aufs Meer hinausgefahren in einem großen, alten Holzsegler, der Lennarts Freund gehörte. Am liebsten hatte Arne es, wenn das Schiff sich auf die Seite legte und die Wellen in Lee schäumten. Und ihm gefiel das Geräusch, wenn die Segel knatterten, ihm gefiel wirklich alles, und er hatte sich merkwürdig zufrieden gefühlt, obwohl er seinen Walkman nicht dabeigehabt hatte. Seitdem war Arne der Idee verfallen, Kapitän auf einem großen Segelschiff zu werden. Freiwillig hatte er ein ganzes Buch über Piraten durchgelesen. Und ein Sachbuch über Segelschiffe!

Er stürzte zu dem Schiff und kletterte über die Reling an Bord. Doch, es war wahr. Er stand an Deck. Es war Wirklichkeit. Er roch an den Tauen. Sie dufteten nach Bohuslän. Er sprang wieder vom Schiff und versuchte, unter den Rumpf zu gucken. Wo mochte der Kiel sein? Er war nicht zu sehen. Und der Mast verschwand in der Decke des Raumes. Der ging bestimmt weiter bis ins nächste Stockwerk. Das mußte Arne untersuchen. Später, später!

Jetzt mußte er spielen! Er stellte sich mittschiffs auf und schrie aus vollem Hals:

»Alle Mann an die Pumpen! Das Schiff ist leckgeschlagen.«

Er schaute auf den Boden außerhalb des Schiffes, um den Grund zu sehen und herauszubekommen, wie tief es lag. Und der Fußboden war vom steifen Nordwind wie weggeblasen. Arne sah nur die Brandung, die der Sturm aufpeitschte.

Der Wind zerrte an seinem T-Shirt, als er versuchte, sich so weit wie möglich zum Bug vorzuarbeiten. Das Schiff hatte bereits Schlagseite.

»Siehst du was, Tjimmy?«

»Nicht die Hand vor Augen, Käpt'n. Die dicke Nebelsuppe ist schuld! Glaub mir, bald werden wir in tausend Stücke geschlagen am Eiland des Todes beim Pater Noster.«

Arne ging nach achtern. Jetzt war er der Kapitän.

»Übernimm das Ruder, Steuermann. Hast du keine Kraft mehr gegenzusteuern, du Schwächling? Wo ist dieser kräftige Matrose mit der Brille, dieser Schmidt?«

»In der Tiefe des Meeres, Käpt'n, in der Tiefe des Meeres.«

»Wirklich bedauerlich, Steuermann, so ein netter Matrose. Kräftige Arme und ein klarer Kopf, obwohl er eine Brille trug. Kaum zu glauben, daß er gerade erst zehn Jahre alt war.«

»Ja, ja, wir müssen versuchen, hier Anker zu werfen. Verdammt, verdammt, ich wittere Korallenriffe, so wahr ich das Gebiß meines Großvaters zertrampelt habe!«

»Korallenriffe hier in Bohuslän, der arme Tor. Ihr redet im Fieberwahn, Käpt'n. Seid Ihr krank?«

»Ja, der Skorbut hat meinen armen Körper zerfressen. Dies wird meine letzte Nacht, lebt denn wohl. Zu lange hab ich von Zwieback und gebratenen Ratten gelebt. Seit Jahrzehnten kein AD-Vitamin und keine Fluor-Tabletten.«

»Dann gehen wir also unter mit Mann und allem.«

»Adieu . . . nein, wartet, Käpt'n. Der Mann im Ausguck versucht etwas zu sagen. Wahrscheinlich sieht er ein Schiff. Heilige Jungfrau, noch gibt es Hoffnung!«

»Ja, ja, der Nebel lichtet sich. Ich sehe ein Taxi.«

»Was siehst du?«

»Der Nebel lichtet sich. Ich sehe ein Taxi.«

»Ein Taxi auf den blauen Wogen des Meeres! Das muß ein Amphibienfahrzeug sein. Ja, glaubt es oder nicht. Jetzt steigt eine Tante mit Kinderwagen aus. Sie kommt hierher.«

»Stöhn, wir sind gerettet.«

»Für dieses Mal, nur für dieses Mal.«

Erschöpft sank Arne auf die Ducht.

Dort fand ihn in der Dämmerung eine Putzfrau schlafend und führte ihn zur Station 23. Arne wußte sofort, wo er hingehörte.

Er schlich in Zimmer 4, warf einen Blick auf Eddie, zog die Jeans aus und kroch in sein Bett und schlief ein.

»Nächstes Mal muß ich mir eine nüchterne Besatzung zusammensuchen«, murmelte er.

Stell dir vor,
ein fliegender Hühnerhund

Eddie wurde wach, weil jemand auf seiner Bettkante saß. Zuerst begriff er überhaupt nicht, wo er war und warum es so zischte und jaulte, wenn er atmete. An der Wand neben dem Bett hingen keine Plakate. Keine Madonna. Kein Maradona. Und vor allem kein Maxon Jaxon. Die Wand wurde eingenommen von einem riesigen Fenster, durch das ein riesiger dunkler Himmel schaute, an dem sich Morgenwolken jagten. Dann fiel ihm der Abend und das Krankenhaus wieder ein. War er für immer hierher gezogen? Das würde er ändern. Sobald er wieder ein bißchen besser Luft bekam, würde er wieder zum Bach laufen, und an seiner Seite hüpfte Valle, und Maxon Jonsson lag sicher in seinem Glas.

Aber die da auf seiner Bettkante saß, kam ihm irgendwie bekannt vor. Sie hatte so fröhliche Augen, und ihr Gesicht leuchtete wie eine Sonne. Eine sommersprossige Sonne.

»Guten Morgen, Eddie!« sagte sie. »Erinnerst du dich noch, wie ich heiße? Klara! Klara, klar wie der Morgenstern – das hat meine Großmutter immer gesagt. Und jetzt muß ich Puls und Fieber bei dir messen.«

Eddie atmete heftig, und seine Augen wurden mißtrauisch.

»Hast du übrigens die Jacke weggenommen? Die gehört Papa.«

Klara erklärte, daß niemand ihm etwas wegnehmen wollte. Im Krankenhaus wurde einem nur geholfen. Und jetzt wollte sie seinen Puls mit einem Stethoskop abhorchen. 120! Dann mußte er ein Thermometer in den Mund nehmen, denn sie wollte wissen, wieviel Fieber er hatte. Eine ganze Minute lang durfte er nicht reden! Das machte gar nichts, aber es war anstrengend, nur durch die Nase zu atmen. 38,6 hatte er. Dann erzählte Klara, daß Eddie vierzigmal in der Minute atmete.

»Reicht das?« fragte er besorgt.

Sie nickte und lächelte.

»Möchtest du noch mehr fragen?«

Eddie nickte. »Wo ist Papas Jacke?«

Klara zeigte ihm den Schrank, ein Schrank nur für Eddie. So was hatte Eddie noch nie gehabt. Er wollte Arne bitten, nach Hause zu fahren und das Indianerkostüm zu holen. Das könnte dann auf einem Bügel für sich allein hängen.

»Hund Harne?« flüsterte Eddie und drehte den Kopf.

»Arne, dieser Langschläfer. Kriegt man den zu Hause auch so schwer wach? Ich hab ihn unter den Füßen gekitzelt und ihm gedroht, ihn mit kaltem Wasser zu begießen.«

»Sing doch!« schlug Eddie vor.

»Eine ausgezeichnete Idee«, fand Klara und räusperte sich, ehe sie sich an Arnes Fußende aufstellte und »Die güld'ne Sonne voll Freud' und Wonne« anstimmte.

Im Bett wurde es sofort lebendig.

»Nein, nein, verschon mich!« brüllte Arne und hielt sich die Hände vor die Ohren.

Dann mußte Eddie kräftig in ein Rohr atmen, das an einem Meßgerät befestigt war, und da konnte Klara an einer Skala ablesen, wieviel Luft aus ihm herauskam. Das schrieb sie auf. Dann mußte er wieder Sultanol einatmen. Eddie war eine wichtige Person. Er durfte so viel roten Saft trinken, wie er wollte. Arne aber mußte sich die Zähne putzen gehen. Er fragte sich, was Axel wohl sagen würde, wenn er merkte, daß Arne nicht in der Schule war. Nichts, wahrscheinlich. Der hatte doch nur sein kleines Ferkel im Kopf.

Die Kinder in den anderen Betten lagen ganz still. Der große Junge im Bett gegenüber war schon angezogen. Er trug eine Schirmmütze und hieß Peter. Das große Mädchen mit dem Rührei-Haar war noch angezogener. Sie wurde heute entlassen und hatte schon eine Jacke an und die Stöpsel vom Walkman im Ohr, während ihre Mama packte. Tomas, der Junge im Bett neben Eddie, jammerte. Er hatte Bauchschmerzen.

Eddie und Arne durften selbst aussuchen, was sie zum Frühstück haben wollten, gekochte Eier, Grütze, Joghurt – alles. Arne mußte schlucken, solchen Hunger hatte er. Klara beugte sich über Eddie.

»Kannst du alles Essen vertragen?« fragte sie.

Er dachte lange nach.

»Keine Herbsen«, sagte er schließlich.

»Dann lassen wir die«, sagte Klara und lächelte. »An keinem einzigen Tag kriegst du Erbsen zum Frühstück.«

Kein einziger Tag! Darüber mußte Eddie lange nachdenken. Das bedeutete, daß er viele Tage hierbleiben mußte! Vielleicht konnte er durchbrennen. Wenn er erst mal nicht mehr so müde war, würde er Laken zusammenbinden. In einem Krankenhaus mit so vielen Betten mußte es ja massenhaft Laken geben.

»Eddie muß eine Weile im Zimmer bleiben«, sagte Schwester Tony Steel. »Heute vormittag kommt die Visite.«

»Später könnt ihr ins Spielzimmer gehen und euch Spiele und alles Mögliche holen. Ich helf euch, wenn ihr wollt«, sagte Klara.

»Himmel«, sagte Arne, als Klara und Tony Steel das Zimmer verlassen hatten, »ich geh nicht mehr zur Schule. Hier gibt's sogar Leute, die für einen Puzzle legen.«

Tomas im Nachbarbett guckte Arne traurig an. Er sah aus, als ob er lieber in die Schule gegangen wäre, statt Bauchschmerzen zu haben.

Peter schaute von seiner Zeitung auf und guckte Arne an.

»Paß bloß auf, hier gibt's auch eine Schule und eine Lehrerin. Sie hat einen ganzen Schrank voller Mathe-Bücher.«

»Ich hab doch bloß Spaß gemacht«, sagte Arne. »Ich bleib nur so lange, bis unser Vater kommt. Dann hau ich ganz fix ab.«

Nach einer Weile kam Suckan. Munter glitten ihr linker rosa Schuh und ihr rechter lila Schuh über den Boden.

»Wir haben euren Papa erreicht«, rief sie. »Er will mit dir sprechen, Arne.«

Das Telefon stand auf dem langen Tresen draußen im Flur, und Arne hörte zu, während Lennart am anderen Ende mit besorgter und unglücklicher Stimme redete und redete.

»Alles wird wieder gut, sobald ich komme«, sagte er. »Ich muß nur noch duschen. Dann komm ich auf der Stelle.«

Arne gähnte. »Kannst du ja machen, wenn du unbedingt willst.«

»Sind sie nett zu euch, die Ärzte und Krankenschwestern?«

»Sind sie wohl«, sagte Arne.

»Aber wie sind sie denn?« wollte Lennart wissen.

»Echt geil«, antwortete Arne und legte den Hörer auf.

Er entdeckte Klara, die in hohen grünen Stiefeln herankam.

»Willst du angeln gehen?« fragte er.

»Das wär was«, sagte sie. »Nein, ich bin ein Tierfreund und bring keine Fische um. Die Stiefel hab ich an, weil ich einem Jungen, der im Rollstuhl sitzt, beim Duschen geholfen habe.«

»Willst du uns auch duschen?« fragte Arne erschrocken.

Klara lachte. »Keine Sorge. Wir haben nicht die Absicht, Eddie so lange zu behalten, bis er total vermoost ist. Aber du kannst ja selbst duschen, wenn du Lust hast.«

Arne seufzte erleichtert.

»Du«, sagte er vorsichtig, »darf ich dich was fragen . . . Könntest du ein bißchen auf Eddie aufpassen? Ich möchte mal eben ins Erdgeschoß gehen.«

»Klar!« Klara wuschelte Arne durchs Haar. »Willst du ein bißchen auf dem Schiff rumstöbern?«

Arne atmete aus zwei Gründen auf – einmal, weil er frei bekam, zum anderen, weil es das Schiff wirklich gab. Es war kein Schiff aus einem Traum, wie er befürchtet hatte, als er wach wurde.

Eddie fiel das Atmen wieder schwer. Er wagte nicht, auf den Klingelknopf zu drücken, und Arne war verschwunden, aber Peter im Bett gegenüber half ihm.

»Du kriegst wieder Sultanol zum Einatmen, dann geht es dir gleich besser«, sagte er. »Ich hab sogar so einen Apparat zu Hause.«

Tatsächlich ging es Eddie innerhalb von Minuten besser, und dann lag er da und dachte über dies und jenes nach, am meisten darüber, wie es Valle und Maxon ging. Ob Papa sie wohl gefüttert hatte? Bestimmt hatte er dänische rote Würstchen mitgebracht, und die mochten Wasserschildkröten sehr gern. Das wußte Eddie aus früherer Erfahrung.

Und hoffentlich wußte Papa, daß er den Panzer der Schildkröte mit der besonderen Zahnbürste, der grünen mit den roten Streifen, putzen mußte.

In dem Augenblick kam die Visite, ein Trupp wichtiger Personen in weißen Kitteln und Kugelschreibern in den Brusttaschen. Die Personen kamen zuerst zu Eddie, und Eddie lächelte, als er Doktor Petrus wiedererkannte. Doktor Petrus lächelte ihm aus der Tiefe seines Bartes zu, beugte sich über Eddie und horchte seinen Rücken mit einem Stethoskop ab.

»In einem Teil der Brust pfeift es immer noch«, sagte er. »Aber es ist schon besser geworden seit gestern abend. Wahrscheinlich bist du gegen den Hund, den ihr zu Hause habt, allergisch. Und jetzt, wo du auch noch erkältet bist, hast du einen richtigen Asthmaanfall bekommen.«

Doktor Petrus wandte sich an Schwester Antenne. Das war die Stationsschwester, die alles über Eddie zu wissen schien. Jedenfalls über Eddies Körper. Eddie konnte es nicht leiden, wenn die Leute über ihn redeten. Also machte er die Ohren zu und dachte lieber an Papa. Ob er vielleicht noch etwas in Ålborg gekauft hatte, vielleicht ein Hundespielzeug?

»Du kannst ja schon prima mit dem Sultanol-Apparat umgehen«, sagte Doktor Petrus, »fast so, als ob ihr so ein Ding zu Hause hättet.«

Eddies Augen wurden rund vor Staunen.

»Nein, nein«, sagte er hastig, »das haben wir nicht. Der Apparat, mit dem Papa immer Schnaps selbst gebrannt hat, den hat er verkauft, an Schluckspecht Solberg. Weißt du, wer das ist?«

Doktor Petrus schüttelte den Kopf.

Seine Augen hinter den viereckigen Brillengläsern waren immer rund, deshalb konnte man nicht erkennen, ob er sich wunderte oder nicht. Er sagte, daß Eddie eine Weile im Krankenhaus bleiben müßte (Eine Weile! Wie lange war das? Eine halbe Stunde? Hoder hein Jahr?) und daß er sich später am Tag mit dem Papa der Jungen unterhalten würde.

»Dann sag lieber nichts vom Happarat«, sagte Eddie. »Er mag nicht, wenn man darüber redet.«

Doktor Petrus versprach es und wollte gerade mit seinen weißgekleideten Kollegen zum nächsten Bett gehen, als Eddie nach ihm rief.

»Doktor! Darf ich Valle zu Hause behalten?«

Doktor Petrus blieb stehen und sah Eddie freundlich an.

»Nein, Eddie, das darfst du nicht«, sagte er. »Sonst wirst du wieder krank, und das willst du doch nicht?«

Eddie schüttelte den Kopf und sank zurück in die Kissen. Das war wirklich sehr traurig, wo er Valle so gern hatte. Aber er mußte sich damit abfinden, das begriff er. Und es gab ja tatsächlich noch mehr Hunde auf der Welt. Pudel, Schäferhunde, Dackel und Straßenköter. Die Welt war voller Hunde!

Wenn man nur an den Hühnerhund dachte, von dem Arne gesprochen hatte. Irgendwann würde Lennart einen Hühnerhund kaufen. Ein Hund, der fliegen konnte – das wär was! Eddie lächelte.

Eine Schildkröte
im Schrank

Eddie wurde wach, weil sein Papa sich schwer auf seine Bettkante fallen ließ. Arne stand daneben. Lennart war ganz weiß im Gesicht, und seine Augen waren rotgerändert. Nicht, weil er in der letzten Zeit Asthma gehabt hatte, sondern weil er geweint hatte. Unbeholfen streichelte er Eddie übers Haar und vermied es, den Tropfschlauch in Eddies Arm anzusehen.

»Ich fahr nie mehr weg«, sagte er. »Wenn du nur wieder gesund wirst.«

Er umarmte Eddie, und Eddie fand das sehr schön.

»Wohnst du jetzt auch hier?« fragte Eddie.

Lennart nickte und zeigte auf eine graue Reisetasche, in der er seine Sachen hatte.

»Aber wer paßt jetzt auf Valle auf?« fragte Eddie. »Und auf Maxon Jonsson?«

Lennart nahm Eddies Hand und sah ihm in die Augen.

»Du weißt, daß wir Valle nicht mehr behalten können, dann wirst du wieder krank, wenn du nach Hause kommst. Axel hat ihn schon abgeholt.«

Eddie fühlte, wie das Weinen wieder in ihm hochstieg. Das war jetzt oft so. Er schluckte.

»Und Maxon?« fragte er dann.

Lennart legte den Zeigefinger über die Lippen, sah sich hastig im Zimmer um und öffnete den Reißverschluß seiner Reisetasche. Dann holte er das Glas mit dem durchlöcherten Deckel heraus. Es sah aus wie immer mit einem bißchen Wasser und ein paar Steinen aus Deutschland drin. Auf einem runden Stein saß Maxon Jonsson und streckte freundlich seinen Kopf heraus, nachdem er sich von der Luftreise aus der Tasche erholt hatte.

»Du bist ja verrückt!« riefen Arne und Eddie wie aus einem Mund und starrten ihren Papa an.

»Trotzdem, alle Achtung«, fügte Arne hinzu.

»Wir müssen die Schildkröte verstecken«, sagte Eddie eifrig und sah sich um. In dem Augenblick ging die Tür auf, und Suckan kam herein, um Lennart zu holen.

Lennart sollte mit Doktor Petrus sprechen und folgte Suckan hinaus. Arne riß das Glas rasch an sich und versteckte es auf dem Boden von Eddies Kleiderschrank.

»Nicht die Tür zumachen«, flüsterte Eddie. »Er muß ja hauch hatmen.«

Arne sah seinen Bruder an. Er sah schon viel munterer aus. Sein Haar war naß.

»Was muß er, Eddie?« fragte Arne langsam und setzte sich auf Eddies Bett.

»Atmen«, sagte Eddie folgsam. »Er muß atmen. Das muß übrigens jeder. Auch Leute, die Hasthma haben.«

Als Lennart zurückkam, sagte er, er wolle Arne nach Hause fahren und dann wiederkommen. Lennarts Schwester, Tante Ann-Sofie, sollte solange bei Arne wohnen und darauf achten, daß er in die Schule ging und ordentlich zu essen bekam. Arne seufzte.

»Das ist gut«, sagte Lennart. »Dann kann sie gleich alle Hundehaare aus dem Haus wegsaugen.«

Arne wollte nicht nach Hause fahren. Er wußte zwar, daß er nicht mehr die ganze Verantwortung für seinen kleinen Bruder hatte, aber er wäre gern bei dem sagenhaften Schiff geblieben. Und bei Klara. Seine Tante Ann-Sofie war nicht besonders fröhlich. Ihre Augen schielten in die falsche Richtung. Sie hatte schwere Augenlider und noch schwerere Füße. Wenn sie im Haus herumging, schwappte das Wasser in dem Eimer in der Küche. Und dauernd beklagte sie sich über Lennart. Er war der schlampigste ihrer jüngeren Brüder (was nichts besagte). Total ungerecht, fand Arne. Lennart konnte immerhin einen Laster fahren. Tante Ann-Sofie wußte wahrscheinlich nicht mal, wo die Zündkerzen saßen.

»Hör mir mal zu«, sagte Lennart und nahm Arne in die Arme, der mit hängendem Kopf im Lift stand. »Neben Eddies Bett ist nun mal nur Platz für ein Bett, und du mußt ja sowieso wieder in die Schule – das hab ich deinem Lehrer versprochen.«

Der Lift hielt an, und die Türen gingen auf.

»Erdgeschoß!« verkündete die energische Damenstimme.

Arne guckte zur Decke.

»Wer war das?« fragte Lennart und sah sich nervös um.

»Der Direktor vom Krankenhaus«, sagte Arne blitzschnell. »Hast du denn noch nie im Krankenhaus gelegen?«

Sie umrundeten eine kleine Ecke und kamen in den großen Raum, in dem das Schiff stand. Lennart war mindestens genauso interessiert wie Arne und ging um das Schiff herum und betastete Taljen und Taue. Er versuchte sachverständig auszusehen, als er einen Tampen ergriff. Immerhin war er aus Bohuslän, auch wenn er ein wenig vom Weg abgekommen war.

»Man hätte Seemann werden sollen«, sagte er träumerisch und streichelte das blanke, abgenutzte Holz der Reling.

»Dann wären wir dir erspart geblieben, meinst du wohl«, sagte Arne.

Schweigend gingen sie zum Parkplatz, und als Arne auf den Sitz neben seinem Papa in den blauen Laster kroch, merkte er, daß sein Papa weinte. Lautlos!

Lennart ließ den Motor nicht an, obwohl nichts im Weg war. Er saß ganz steif da, während die Tränen langsam über sein frischrasiertes Gesicht rannen.

Schließlich wandte er sich an Arne.

»Ich hab bei diesem Doktor angerufen und mir einen Termin geben lassen. Nicht hier in der Kinderklinik, sondern bei einem Arzt, der mir helfen kann, meine Probleme loszuwerden. Ich hab beschlossen, nie mehr Schnaps zu trinken. Das hab ich mir geschworen, als ich erfuhr, daß Eddie krank geworden ist.«

Arne dachte lange nach und sah seinen Vater forschend an. Sein ganzer Körper war angespannt.

»Bloß deswegen? Nur weil Eddie krank geworden ist?« fragte er.

Sein Herz hämmerte. Aber Lennart nickte nur eifrig.

»Ja, und ich will auch viel mehr zu Hause sein, und wenn ich mal über Nacht wegbleiben muß, besorg ich einen Babysitter«, fuhr er fort. »Und meine Schwester soll mir Essenkochen beibringen. Kartoffelpuffer, Arme Ritter, Kohlrouladen und Fischrouladen. Keine Pizza und so ein ungesundes Zeugs.«

Arne seufzte und sah durch die Autofensterscheibe zu dem hohen grauen Krankenhausgebäude, in dem die Kinderstation untergebracht war. Seltsam, daß ein Haus, das so traurig aussah, von innen so nett sein konnte. Mit ihrem Häuschen an der Landstraße war es häufig genau umgekehrt.

»Was ist?« fragte Lennart. Er riß sich zusammen und startete den Laster. »Freust du dich nicht?«

»Klar«, sagte Arne.

Lennart holte tief Luft, und dann fuhren sie nach Hause.

Axel erzählte der Klasse, Arne sei nicht in der Schule, weil er bei seinem kleinen Bruder im Krankenhaus war.

»Eddie!« schrie Mimi und sprang auf. »Was ist mit Eddie?«

Axel erzählte, daß Eddie Asthma hatte.

»Dann geh ich ihn besuchen«, sagte Mimi.

»Das läßt sich sicher machen«, sagte Axel vorsichtig.

»Darf ich sofort hinfahren?« fragte Mimi, während sie rasch ihre Bücher auf dem Tisch einsammelte und sie in ihren rosa Rucksack steckte.

»Nicht gerade jetzt«, antwortete Axel und lächelte. »Jetzt ist erst mal die Bronzezeit dran. Aber heute habt ihr ja nicht so lange Schule. Wenn du hinterher auf mich wartest, können wir zusammen bei deinen Eltern anrufen, und ich kann dir auch helfen, im Krankenhaus anzurufen. Wir müssen erst mal fragen, ob du auch kommen darfst. Vielleicht geh ich mit dir, ich geh gleich nach dem Essen zu meinem Kind.«

»Das ist ja das Allerneueste!« rief Janna. »Wir dachten schon, du hättest dich endlich satt geguckt an deinem Baby.«

»Reiz mich nicht«, sagte Axel streng, obwohl seine Augen lächelten. »Ich verspreche euch auch, daß ich euch heute keine Bilder von der Entbindung zeige.«

»Danke, vielen Dank!« riefen Maria, Jorma und Krille im Chor und klapperten mit den Tischdeckeln.

»Ich finde, jetzt wo wir allein sind, gucken wir uns beide mal das Spielzimmer an«, sagte Klara zu Eddie. »Was meinst du, kannst du ein bißchen gehen?«

Eddie richtete sich auf. Klara hatte ein Paar Mokassins in den Kitteltaschen, die er leihen durfte.

»Damit du nicht stolperst und dir auch noch die Beine brichst«, sagte sie, »das wär dann doch etwas zuviel.«

Eddie nickte. Klara war die klügste Frau, die er je getroffen hatte. Und Tiere mochte sie auch! Er überlegte, ob er ihr zeigen sollte, was er im Schrank versteckt hatte. Aber vielleicht war sie ja doch wie die anderen Tanten, anfangs nett und hinterher gemein, wenn sie sich ihrer Sache sicher waren. Wie Fräulein Kröte. Am ersten Schultag war sie ein einziges riesiges Lächeln gewesen. Auch als sie die Jungen zu Hause besucht hatte, war sie wie eine Sonne gewesen. Aber sobald sie meinte, Eddie im Griff zu haben, wurde sie zu einem wandernden Felsen mit fürchterlicher Stimme: »HÖR AUF ZU TRÄUMEN, Eddie! Du bist in der Schule und nicht im Bett! Hast du wirklich kein Taschentuch? Wo ist dein Rucksack? Im Bus? Was soll er da denn?« Und dann folgte ein verächtliches kleines Lachen.

Aber sie konnte plötzlich auch ganz milde Augen kriegen und Eddie übers Haar streicheln, wenn er das Klassenzimmer verließ. Und dabei seufzte sie:»Ja, ja, du hast es nicht leicht.«

Eddie kam zu dem Schluß, daß er Klara erst ein bißchen besser kennenlernen mußte, bevor er ihr Maxon Jonsson zeigte. Klara nahm ihn bei der Hand und zeigte ihm, wie er den Tropfapparat mitnehmen konnte. Jetzt sah er aus wie eine kleine Laterne auf Rädern, aber Eddie lernte schnell, damit umzugehen.

Als sie auf den Flur hinauskamen, wurden sie fast von einem kleinen Mädchen überrollt, das in voller Fahrt auf einem Fahrrad angesaust kam, gefolgt von ihrem laufenden Papa.

»Hast du keinen Führerschein?« brüllte Klara.»Den muß man aber haben.«

Das Mädchen lachte ein perlendes Lachen. Es hatte überhaupt keine Angst. Jetzt war Eddie erst recht erstaunt.

»Daß die hier drinnen radfahren darf!« sagte er zu Klara. Ein Glück, daß Lennart schon nach Hause gefahren war. So was würde er nie erlauben. Mit manchen Sachen nahm er es sehr genau.

Hand in Hand gingen Klara und Eddie zum Spielzimmer. Er fand es wunderbar, daß Klara so lange mit ihm zusammen sein und Spielzeug angucken wollte. Eddie sah sich die Puppenecke an, wo die Puppen um einen Herd herum saßen und auf Essen warteten. Er untersuchte Puzzlespiele, Playmobil, Schubkästen mit Lego und Lastautos. Alles, was Klara ihm zeigte, sah er sich genau an.

Schließlich setzte Klara sich auf einen kleinen roten Kinderstuhl.

»Und womit willst du spielen, Eddie?« fragte sie.

Er wagte ihr nicht in die Augen zu sehen, sondern schaute auf ihre weißen langen Hosen.

»Was steht da?« fragte er und zeigte auf einen Stempel unterhalb ihres Knies.

»Eigentum des Zentral-Krankenhauses Göteborg«, sagte Klara.

»Zentral-Krankenhaus Göteborg«, sagte Eddie und sah Klara in die Augen. »Bist du deren Heigentum?«

»O nein, ich nicht«, antwortete Klara und streichelte ihm über die Wange. »Nur meine Hose.«

»Wessen Heigentum bist du denn?« fragte Eddie nach einer Weile.

»Hich gehöre niemandem«, sagte Klara mit Nachdruck.

Eddie lachte, daß er kaum noch Luft bekam.

»Das heißt doch nicht hich«, sagte er. Und dann sah er Klara in die Augen und fügte mit ruhiger Stimme hinzu:

»Ich gehöre niemandem.«

Mimi kommt
zu Besuch

Mimi saß neben Axel im Bus. Sie wünschte, er hätte sich seine Schuhe geputzt. Hoffentlich denken die Leute nicht, er ist mein Papa, dachte sie plötzlich erschrocken, beruhigte sich aber sofort. Nein, daß Axel Lehrer war, erkannte man an seinem Rucksack. Außerdem roch er ein bißchen nach Schweiß. Axel lächelte Mimi an.

»Woran denkst du?« fragte er.

»Nichts Besonderes«, antwortete sie und wurde rot.

Was sollte sie Eddie mitbringen? Vielleicht durfte er keine Süßigkeiten essen. Vielleicht eine Zeitung, eine über Hunde. Das würde Eddie gefallen. Axel hatte ihr fünfzehn Kronen geliehen, damit sie ein Geschenk kaufen konnte, und als sie vor dem Krankenhauskomplex ausstiegen, verabredeten sie, daß sie sich in einer Stunde an genau derselben Stelle wiedertreffen wollten. Axel legte zwei Stöckchen über Kreuz auf die Erde, wo sie stehen sollte. Dann ging er mit langen, zielbewußten Schritten auf die Entbindungsstation zu.

Mimi ging zum Kiosk und suchte lange, ehe sie sich für *Lassie* entschied, eine Zeitschrift mit einem Hund und einem Mädchen auf dem Umschlag. Das Mädchen hatte fast dieselbe Frisur wie Mimi. Der Krankenhauskomplex bestand aus vielen hohen und niedrigen und ungewöhnlich grauen Gebäuden. Mimi kriegte Lust, sie rosa anzumalen, während sie den Schildern und Pfeilen zur Kinderklinik folgte.

Und dann war sie endlich da. Das Gebäude war genauso grau wie die anderen, aber um es ein bißchen netter zu gestalten, hatte man über dem Eingang ein paar rote lustige Bälle aufgehängt, die im Herbstwind baumelten. In der riesigen Eingangshalle war links ein Café, und rechts saß eine Dame in einem Kabäuschen.

Mimi ging zu der Kabäuschendame, nahm allen Mut zusammen, fragte und bekam sofort die Beschreibung, wie sie zur Station 23 gelangte. Mimi kam an dem Schiff vorbei, auf dessen Deck ein Haufen Kleinkinder herumkletterten, ohne sich um sie zu kümmern. Die Stimme, die »Zweites Stockwerk« sagte, beachtete sie auch nicht weiter. Sie fand einen sprechenden Lift ganz natürlich, genauso natürlich wie den sprechenden Wecker zu Hause.

»Station 23« stand an einer Tür. Mimi hatte Glück, daß sie zusammen mit zwei Mädchen und einem Essenwagen hindurchschlüpfen konnte, denn allein hätte sie nie zur Türklinke gereicht. Hier waren vermutlich nur Giraffen willkommen.

Vorsichtig guckte sie durch die Fensterscheiben in die verschiedenen Zimmer, und in Zimmer 4 entdeckte sie Eddies schmales Gesicht. Halb lag er, halb saß er in einem Bett. Dicht neben ihm auf einem niedrigeren Bett lag Eddies Papa und las die Zeitung. Mimi hatte sich immer ein bißchen vor Lennart und seinem dunklen Gesicht gefürchtet, aber wie er da jetzt in seiner Strickjacke und Jeans lag und die Zeitung las, sah er fast aus wie ein ganz gewöhnlicher Papa.

»Hallo, Mimi! Schön, daß du gekommen bist!«

Mimi fiel fast rückwärts aus dem Zimmer. Das war Lennart. Der hatte einen richtigen langen Satz ganz freundlich gesagt und erinnerte sich sogar daran, wie sie hieß!

Jetzt, sagte er, wäre es am besten, wenn Eddie und sie sich ein bißchen allein unterhielten. Er wollte inzwischen rausgehen und eine Zigarette rauchen. Fast flog er aus dem Zimmer, die Treppen hinunter und zur Tür hinaus.

Mimi umarmte Eddie und setzte sich vorsichtig auf seine Bettkante, so, daß sie den Schlauch nicht berührte, von dem es in Eddies Arm tropfte. Das Zimmer war jetzt leer bis auf Eddie und Mimi. Tomas war beim Röntgen, Peter wurde irgendwo untersucht, und das Mädchen mit den Rühreihaaren war mit ihrer Mama nach Hause gegangen. Ihr Bett war auch weg, aber den Platz würde später ein Junge kriegen, der Joachim hieß. Das hatte Klara gesagt, und die wußte alles.

»Ist das deiner?« fragte Mimi und zeigte auf den Schrank.

»Ja, komm, ich zeig dir was!«

Eddies Augen wurden richtig munter, als er vom Bett glitt und die paar Schritte zum Schrank tappte, den Tropf im eleganten Schlepptau. Er öffnete die Tür, fiel auf die Knie und nahm den Deckel vom Glas.

Mimi war dicht hinter ihm.

»Oh, Eddie, das ist ja deine Schildkröte! Die ist aber schön! Was die für süße rote Flecken auf den Backen hat! Ich wußte gar nicht, daß sie so klein ist. Man könnte sie in eine große Streichholzschachtel stecken . . .«

»Aber das mag sie nicht«, sagte Eddie. »Sie mag Wasser. Sie ist sogar ein bißchen im Bach zu Hause geschwommen. Sie liebt die Abwechslung, verstehst du?«

Mimi fand, Maxon Jonsson hatte so klare kluge Augen.

»Aber wie kriegt sie denn Abwechslung?« fragte Mimi. »Es macht
bestimmt keinen Spaß, in einem Schrank zu wohnen.«

Eddie dachte nach. Dann leuchtete sein Gesicht auf, und er zeigte
auf das Waschbecken, das es im Zimmer gab, direkt neben der Tür.
Jetzt sollte Maxon es richtig schön haben! Sie ließen das Waschbek-

ken halbvoll mit lauwarmem Wasser laufen. Dann lief Mimi los, um Lego-Teile aus dem Spielzimmer zu holen. Sie bauten eine kleine schwimmende Garage für Maxon. Vielleicht wollte er ja Schiff spielen, und sie machten ein Floß aus einer grünen Lego-Scheibe mit einer Palme drauf. Maxon fand sich rasch zurecht, kletterte auf das Floß und schwamm auf dem Wasser herum.

Mimi lief zum Fenster. Auf dem Fensterbrett stand eine Topfpflanze. Davon knipste Mimi Blätter ab, damit Maxon was zu fressen hatte. Aber die mochte er nicht, denn die waren leider aus Plastik. Peter kam herein und bewunderte Maxon.

»Ist die Schildkröte allergisch gegen Obst?« fragte er.

Eddie schüttelte den Kopf. Da bekam Maxon ein Stück Banane von Peter. Maxon reckte den Hals, so daß es aussah, als werde er doppelt so lang.

Plötzlich war Eddie müde, und Mimi half ihm ins Bett.

Sie guckte auf die große Uhr.

»Oje«, sagte sie, »ich muß sofort gehen. In zehn Minuten bin ich mit Axel am Zeitungskiosk verabredet, und es dauert eine Weile, ehe ich da bin.«

»Warum besucht Axel mich nicht?« fragte Eddie. »Er ist doch mein bester Freund.«

Mimi dachte nach, wußte aber erst nicht, was sie antworten sollte. Dann fiel ihr die Lösung ein.

»Warte!« sagte sie. »Ich hab ja noch ein Geschenk für dich.«

Sie holte das Lassie-Heft aus der Innentasche ihrer rosa Jacke mit den weißen Sternen und gab es Eddie.

»Danke!« sagte er.

Er lag da und betrachtete den Umschlag, und plötzlich begann er zu weinen. Mimi war ganz verzweifelt.

»Ich darf Valle nie mehr wiedersehen«, schluchzte Eddie.

»Das wird schon wieder«, sagte Mimi und umarmte ihn. »Mein Papa ist allergisch gegen Katzen. Deswegen haben wir keine. Aber gegen andere Tiere ist er nicht allergisch, Regenwürmer zum Beispiel, und das ist doch gut, wo Papa so gern in seinem Garten buddelt.«

Eddie nickte und schniefte. Dann leuchtete sein Gesicht auf.

»Ich hab Valle so gern«, sagte er. »Er hatte so liebe Pfoten . . . Aber es gibt ja noch andere Hunde. Vielleicht krieg ich einen, der genauso lieb ist.«

Mimi spürte, wie sich ein Schreckensschauder in ihrem Körper ausbreitete, sie packte die Bettkante und starrte Eddie an.

»Aber Eddie!« rief sie aus. »Hast du denn nicht kapiert?«

Eddie unterbrach sie.

»Papa will einen Hühnerhund kaufen«, sagte er. »Hühnerhunde können fliegen. Nicht so gut wie Schwalben und so was, aber so ungefähr wie Stockenten. So gut können Hühnerhunde fliegen.«

Mimi nahm Eddies Hände und sah ihm tief in die Augen.

»Eddie«, sagte sie, »hör mir zu. Ich will dir was erzählen, was du noch nicht begriffen hast. Du bist nicht nur gegen Valle allergisch. Du kriegst von allen Hunden Asthma. Schwarzen, weißen, kurzen, langen, Hühnerhunden, Schäferhunden und Kampfhunden. Du darfst mit keinem Hund spielen, genau wie mein Papa keine Katze verträgt. Als er noch klein war, konnte er Katzen streicheln, wenn er draußen war und Handschuhe anhatte. Aber du darfst

Hunde wahrscheinlich nicht mal mit Handschuhen streicheln, weil du so krank geworden bist, daß du ins Krankenhaus mußtest.« Eddie sah Mimi mit großen Augen an, und seine Unterlippe zitterte.

»Tschüs, Eddie«, flüsterte Mimi. »Ich muß jetzt gehen.«

Draußen auf dem Flur merkte sie, daß sie selbst weinte, und als sie sich der Stationstür näherte, sah sie Axel mit raschen Schritten von der anderen Seite kommen. Sie warf sich in seine Arme und weinte.

»Vergiß das Kreuz, bei dem wir uns treffen wollten«, sagte Axel schließlich. »Mir ist eingefallen, daß ich es noch schaffen würde, Eddie auch zu besuchen. Als wir losgingen, hatte ich nur das Baby im Kopf. Warte solange unten bei dem Schiff auf mich.«

»Bei welchem Schiff?« schluchzte Mimi.

Axel sah erstaunt aus.

»Also gut, gegenüber der Information beim Café.«

Mimi nickte.

»Ist der Papa von den Jungen da?« fragte Axel.

Mimi schüttelte den Kopf.

»Als ich kam, ist er eine rauchen gegangen. Und Eddie hat geglaubt, er ist nur gegen deinen Hund allergisch.«

Axel lobte Mimi, weil sie es gewagt hatte, Eddie die ganze Wahrheit zu sagen.

»Wenn ich runterkomme, kaufen wir uns ein Eis«, sagte er.

Mimi nickte und lächelte unter Tränen.

»Ich hab auf der Tafel gesehen, daß es vegetarisches Eis gibt. Das ist gut für dich«, sagte sie.

Arne und Mimi haben
ein neues Geheimnis

Mit schlurfenden Schritten betrat Arne das Haus. Alle Fenster standen weit offen, und das Radio spielte alte Schlager aus der Steinzeit in voller Lautstärke. Arne merkte, daß es ungewöhnlich roch, als er hereinkam. Es roch nicht gerade nach Zimtwecken, nein, nach Putzmitteln wie Meister Propper zum Beispiel. Auf dem Fußboden kniete Meister Propper persönlich und schrubbte energisch mit seinen großen roten Händen.

»Tag, Ann-Sofie!« schrie Arne, um das Radio zu übertönen.

Seine Tante warf ihm über die Schulter einen Blick zu.

»Guten Tag. Donnerwetter, du bist aber mager, das ist ja schrecklich. In der Küche gibt's noch Linsensuppe. Und wie schmutzig das hier ist. Ich versteh nicht, wie ihr das fertig kriegt. Bei mir zu Hause sind wir sechs Personen, und trotzdem ist es so sauber, daß man vom Fußboden essen kann.«

»Wir brauchen das aber nicht, weil wir ja Möbel haben«, antwortete Arne etwas leiser. Er guckte auf die Küchenuhr und beschloß, mit dem Bus in die Stadt zu fahren. Er würde es gerade bis zum Ende der letzten Stunde schaffen. Perfektes *timing*.

»Ich hau jetzt ab, Ann-Sofie. Faß mir nicht meine Plakate an!«

»Um sechs essen wir!« sagte die Tante.

»Tun wir das ehrlich?«

»Ja, das tun wir, und dann kommt dein Papa auch für eine Weile nach Hause, bevor er wieder ins Krankenhaus muß. Wirklich kein Wunder, daß das Kind krank geworden ist, so staubig, wie das hier ist.«

»Tschau, Ann-Sofie«, sagte Arne und ließ die Haustür hinter sich zufallen. Dank der Abkürzung über den Acker kriegte er gerade noch den Bus. Es war ein Gefühl, als sei es mehrere Jahre her, seit er zuletzt Bus gefahren war. Aber er hätte sich gar nicht so zu beeilen brauchen, denn als er auf dem Schulhof ankam, lag der leer und verlassen da, und die Schule sah verschlossen aus. Arne blieb jäh stehen und kickte einen Stein so heftig, daß er über den halben Schulhof flog. Die Lehrer hatten ja einen halben Studientag. Das hatte er vergessen. Halber Studientag bedeutete, daß seine Freunde nach der Frühstückspause verschwunden waren, und das bedeutete auch, daß Arne nur einen halben Tag in der Schule verpaßt hatte, nicht einen ganzen, wie er geglaubt hatte. Ärgerlich! Planlos streifte er herum, runter zum Flußufer, warf ein paar Steine, wieder hinauf, und dort las er die Preisliste bei der Grillbude. Er hatte zwar ein anständiges Frühstück im Krankenhaus bekommen, aber das war jetzt viele Stunden her. Langsam ging er hinauf zum »Goldenen Schwan«, stellte sich vor den Eingang auf dem Hinterhof und spähte hinauf zu den Fenstern. Er erkannte Rodolfo, oder war es Roberto, mit der Kochmütze. In dem Augenblick kamen Mimi, Janna und Maria kichernd aus der Tür. Gerade als Arne abhauen wollte, entdeckten sie ihn. Janna und Maria überfielen ihn mit Fragen nach Eddie. Nur Mimi war still. Offenbar hatten sie im »Goldenen Schwan« gegessen, denn Janna hatte noch ein bißchen Senf auf der Backe.

»Ich muß jetzt«, sagte Arne. »Hab was Wichtiges zu erledigen.«

»Was mußt du?« fragte Maria erstaunt.

»Los«, sagte Arne, »so reden die im Krankenhaus, und es heißt abhauen.«

»Aha«, sagte Janna, »dann müssen wir auch.«

Janna und Maria entfernten sich kichernd die Straße entlang und drehten sich noch zweimal um. Mimi und Arne standen unentschlossen herum.

»Ich hab neun Kronen«, sagte Mimi. »Wir können uns in der Fabrik Keksbruch holen.«

Erst als sie vor der Keksfabrik saßen, jeder mit einer Tüte voll brüchigstem Keksbruch, erzählte Mimi, daß sie Eddie besucht hatte und was passiert war.

Arne war ganz erschrocken. Er hatte auch geglaubt, Eddie hätte kapiert, daß er gegen alle Hunde allergisch war, nicht nur gegen Valle. Und vielleicht auch noch gegen andere Pelztiere, das hatte der Doktor Arne gesagt. Wahrscheinlich Katzen und Pferde. Vielleicht auch gegen Kühe.

»Was hat er gesagt, bevor du gegangen bist?« fragte Arne besorgt.

»Er lag da und hat bloß geflüstert: ›Hüberhaupt kein Hund!‹ Es war entsetzlich.«

»So redet er, wenn er nervös ist«, sagte Arne streng.

»Ich weiß«, sagte Mimi schnell.

Der Keksbruch war bald aufgegessen, aber Arne und Mimi blieben auf der Bank sitzen und traten nach dem Kies.

»Es ist alles so traurig«, sagte Arne.

Mimi nickte. »Sinnlos«, sagte sie.

»Und zu Hause kriecht eine Alte auf dem Fußboden herum und schrubbt!« sagte Arne seufzend. »Wahrscheinlich schwimmen meine Fußballbilder auf dem Schaum im Scheuereimer herum. Und van Basten kann nicht mal schwimmen.«

Mimi mußte lachen. Und da konnte Arne sich auch nicht mehr halten vor Lachen. Nachdem er sich beruhigt hatte, sagte er:

»Wir müssen den Trend brechen.«

»Ja, es ist grausam«, stimmte Mimi ihm brav zu, ohne zu begreifen, wovon er redete.

Plötzlich leuchtete Arnes Gesicht auf.

»Wir machen Freitag eine Disco«, sagte er.

»Eine Disco!« rief Mimi erschrocken aus. »Sind wir nicht noch zu klein?«

Arne tat so, als hätte er es nicht gehört. »Die ganze Klasse«, sagte er, »Tanz, Popcorn, Coca-Cola, Würstchen und Brot. Jeder muß zwanzig Kronen Eintritt bezahlen, dann verdienen wir auch noch daran – jedenfalls wenn wir die Cola mit Wasser verlängern. Ich hab's ausprobiert, man merkt es kaum.«

Mimis Augen leuchteten. Sie sah schon alles genau vor sich, obwohl sie noch nie in einer Disco gewesen war. Sie hatte gedacht, Disco wäre erst ab der Vierten erlaubt. Aber wenn sie richtig darüber nachdachte, hatten die Vierten schon für die Dritten Discos veranstaltet, und zwar immer kurz vor Weihnachten, damit sie

Geld zusammenbekamen für die Klassenreise im Frühling. Daher hatte Arne wahrscheinlich die Idee. Fast konnte Mimi die Musik in ihrem Kopf hören und die Ballons fliegen sehen, sie sah die farbigen Lämpchen glühen und Papierschlangen flattern.

»Aber wo wollen wir die Disco machen?« fragte sie. »Wir sind fünfundzwanzig. Wir können ja nicht zu dir raus in den Wald kommen. Und die Putzfrauen erlauben es sicher nicht, daß wir es in der Schule machen.«

Arne dachte lange nach.

»Bei dir!« beschloß er.

»Aber, aber . . .« stotterte Mimi, »ich weiß nicht, ob Mama und Papa damit einverstanden sind. Es gibt ja auch welche, die in großen Häusern wohnen, Maria oder Krille zum Beispiel.«

Arne sah sie ernst an.

»Wir müssen es aber bei dir machen«, sagte er, »sonst kann Eddie nicht dabeisein. Ihr seid die einzigen, die keinen Hund oder eine Katze haben.«

Axel saß lange bei Eddie. Er erzählte ihm lustige Sachen, die man in der Natur unternehmen kann, ohne Pelztieren nahe zu kommen. Angeln zum Beispiel. Axel angelte ja auch manchmal in dem Bach, an dem Eddie wohnte. Manchmal fuhren Axel und ein paar Freunde mit einem Fischerboot einen ganzen Tag hinaus aufs Meer zu den Gewässern, wo sich die großen Dorsche aufhalten. Sobald es Frühling wurde, würden sie wieder hinausfahren, und da konnte Eddie mitkommen, wenn er wollte.

Eddie nickte freundlich, sagte aber nicht viel. Als Klara mit einer

Zwischenmahlzeit hereinkam, verabschiedete Axel sich. Er schenkte Eddie eine ganz blanke Kastanie, die er auf dem Weg von der Entbindungsstation hierher gefunden hatte. Und dann umarmte er Eddie länger, als er es jemals getan hatte.

Klara holte ein Tablett für Peter. Er hatte keinen Tropf, obwohl er auch Asthma hatte, und er sollte an dem runden Tisch mitten im Zimmer essen. Als sie das Tablett absetzte, schwappte das Milchglas über auf ihre rechte Hand.

»Was hab ich denn da für einen Mist gemacht!« rief Klara ärgerlich und ging zum Waschbecken. Eddie versteckte sich schnell unter der dicken gelben Decke. Aber so dick war sie doch nicht, daß er nicht Klaras perlendes Lachen hörte. Vorsichtig guckte er hervor.

»Laß hihn nicht durch den Habfluß weglaufen!« rief er nervös. Aber Maxon kroch schon in Klaras ausgestreckter Hand herum. Sie hatte große, herrliche Hände wie ein Bauer.

Sie war voller Bewunderung und kein bißchen böse, betonte jedoch, daß es für die Schildkröte doch besser sei, im Schrank zu bleiben. Es könnte ja passieren, daß es einem etwas empfindlicheren Doktor in den Sinn kam, seine Hände im Waschbecken zu waschen.

Eddie war sehr stolz, als Maxon auf dem Fußboden herumspazierte. Peter, Klara und Tomas, der zurückgekommen war, wollten alles über Maxon wissen. Eddie war wieder eine wichtige Person.

Als Maxon sich in seinem Glas im Schrank nach den munteren Spielen im Waschbecken und auf dem Fußboden erholte, klopfte Eddie schüchtern auf seine Bettkante, und Klara setzte sich.

»Du hast ja richtig Glück«, sagte sie, »daß du ein Tier hast, gegen das du nicht allergisch bist. Ich kenne jedenfalls niemanden, der allergisch gegen Schildkröten ist.«

Eddie nickte und lächelte.

»Wirklich ein Glück, daß Maxon kein Fell hat!« sagte er.

Riesenspaß
in der Spieltherapie

Als Lennart das Krankenhaus auf eine Zigarettenlänge verließ, nahm er die Gelegenheit wahr und machte einen Spaziergang in der klaren Herbstluft (das hatte er schon lange nicht mehr getan!), und der Spaziergang wurde viel länger, als er sich das vorgestellt hatte. Er rauchte, grübelte und lief über eine Stunde. Als er merkte, wie weit er sich vom Krankenhaus entfernt hatte, war er ganz erschrocken. Er stand an einem kleinen See, an dem er seit seiner Kindheit nicht mehr gewesen war. Mit elf Jahren hatte er eine Sommerwoche lang Verwandte in Göteborg besucht, und damals hatte er mit den anderen Jungen in diesem See gebadet. Es war das erste Mal in seinem Leben gewesen, daß er in Süßwasser badete. Ein schleimiges Gefühl, und außerdem konnte man unter Wasser nichts sehen.

Der See und seine Umgebung sahen fünfundzwanzig Jahre später fast unverändert aus, aber es gab natürlich mehr Parkplätze, Autos, Mountainbikes und Jogger. Der See war noch nicht zugefroren, aber die Luft war kalt und klar.

Lennart drehte auf dem Absatz um. Plötzlich machte er sich Sorgen, Eddie könnte ihn vermissen. Hoffentlich war Mimi nicht schon gegangen, und Klara arbeitete ja wohl nicht ständig! Er begann halb zu laufen, dann ging ihm die Puste aus, und er hustete. Er mußte stehenbleiben und sich ausruhen. Wenn er mit dem Alkohol aufhörte, würde er eine viel bessere Kondition bekommen. Vielleicht sollte er anfangen, Waldlauf zu machen. An einem Marathonlauf teilnehmen! Er hatte den Gedanken noch nicht zu Ende gedacht, da sah er vor seinem inneren Auge, wie seine beiden Söhne strahlen würden, wenn Papa Blitz die Zielschnur zerriß.

Klara und Eddie fuhren mit dem Lift zur Spieltherapie hinunter. Langweiliges Wort, dachte Eddie. Wahrscheinlich kamen dort Krankenschwestern mit großen Spritzen und stachen einen, wann man es und wo man es am wenigsten erwartete.

»Möchte mal wissen, wo sich dein Papa aufhält. Vielleicht sollten wir eine Vermißtenanzeige aufgeben«, sagte Klara im Spaß. »Aber durchgebrannt wird er ja nicht sein. Wir haben nämlich seine Zahnbürste beschlagnahmt. Eine grüne mit rotem Streifen! Ich hab's selbst gesehen. Er scheint seine Zähne sehr energisch zu putzen.«

Sie drückte Eddies Hand.

»Das ist aber die Zahnbürste von der Schildkröte«, sagte Eddie.

Klara versuchte herauszufinden, ob Schildkröten wirklich Zähne haben.

Eddie hingegen überlegte, ob Klara es ernst gemeint hatte mit der Vermißtenanzeige. Wenn es nun mal eine Bierstube in der Nähe gab und Papa war dort hängengeblieben! Dann war es aus. Die

Leute würden bestimmt furchtbar wütend werden, nachdem sie ganz umsonst so nett gewesen waren. Vielleicht durfte Eddie dann nicht im Krankenhaus bleiben und dort gesund werden.

»Erdgeschoß!« sagte die unsichtbare Dame, und als Klara, Eddie und sein Tropfgestell den einen Lift verließen, war Lennart gerade dabei, in den anderen zu steigen. Er trat blitzschnell zurück (was für ein Reaktionsvermögen – so schnell war er in seiner Wodkazeit nie), und Vater und Sohn umarmten einander so heftig, daß sogar Klara sich wunderte.

»Klara und ich gehen in die Spieltherapie«, sagte Eddie. »Ich liebe sie.«

»Das kann ich gut verstehen«, sagte Lennart lächelnd. »Darf ich mitkommen?«

Es gab tatsächlich Spritzen in der Spieltherapie, und es stellte sich heraus, daß sie das Zweitschönste von allem waren! Die Spieltherapie war überhaupt nicht gefährlich, sondern eher wie ein Freizeitheim in der Nähe der Schule, nur viel schöner. Niemand machte Krach, niemand schrie. Ein kleines Mädchen, das versuchte, einen Laster mit Anhänger zusammenzupusseln, war die ganze Zeit furchtbar traurig, aber niemand nannte sie Heulsuse.

In einem der Zimmer war ein echter Sandkasten mit echtem Wüstensand. Dort saß ein kleiner Junge, der den rechten Arm eingegipst hatte. Er buddelte Tunnel, daß es nur so um den Gips herum sprühte. An den Wänden waren Haken mit Kleidern und Kopfbedeckungen. Damit konnte man sich verkleiden, zum Beispiel als Prinz, Frosch oder Fliegenpilz.

Und dann gab es noch eine Puppenecke, die war wie eine Wohnung eingerichtet. Eddie starrte alles nur stumm an, während er zwischen Klara und Lennart mit seinem Tropfgestell herumging. Er fühlte sich sehr zufrieden und geborgen.

Zwei Frauen, die in der Spieltherapie arbeiteten, kamen ihn begrüßen. Die eine hatte eine nette Stupsnase. Eddie kannte jemanden, der Stupsnasen sammelte. Vielleicht würde er auch damit anfangen. Die Frau ohne Stupsnase war gerade dabei, Salzteig in verschiedenen Farben für die Kinder zu machen, die Figuren formen wollten. Aber das wollte Eddie nicht.

In einem Krankenhausbett mitten im Zimmer lag ein Mädchen auf dem Rücken, und ihr dunkles Haar breitete sich über das Kopfkissen aus. Sie spielte mit einem Wasserspiel, das sie auf ihren Knien balancierte. Sie drückte auf Knöpfe, und verschiedene Schildkröten rutschten in einem Spielzeugaquarium rauf und runter.

»Turtles!« sagte Klara. »Das muß dir doch gefallen, mit so was zu spielen. Du hast doch Schildkröten so gern. Es gibt bestimmt noch mehr ähnliche Spiele.«

Aber Eddie schüttelte den Kopf.

Er hatte ein richtiges Krankenzimmer entdeckt und traute kaum seinen Augen. In einem besonderen Zimmer konnte man Schwester Spritze, Doktor Tropf oder sogar Schwester Esther in richtigen Krankenhauskleidern werden. Dort mitten im Zimmer stand ein kleiner Junge mit einer Binde über dem einen Auge. Aber er hatte sich nicht als Seeräuber, sondern als Chirurg verkleidet. Das konnte man teils daran erkennen, daß er den Kragen von seinem weißen Kittel aufgeschlagen hatte, teils daran, daß er gerade eine

Puppe am Herzen operierte. Ein anderer Junge war Krankenschwester und reichte ihm verschiedene Instrumente.

»Huh, huh, das muß aber weh tun«, sagte Lennart und wurde
richtig blaß.

»Nein, nein!« sagte Schwester Esther. »Wir haben ihn doch erst
betäubt. Und würdest du bitte den Raum verlassen, es muß ganz
still sein, während wir operieren. Sonst machen wir irgendwas
falsch, und das tut dem Doktor furchtbar weh.«

Lennart zog sich sofort aus der Türöffnung zurück.

»Dem Doktor?« fragte Klara.

»Ja, wir operieren doch einen Doktor. Guck mal, wie betäubt er
ist.«

»Möchtest du auch eine Puppe operieren, Eddie?« fragte Klara.
»Oder willst du vielleicht ihre Lungen durchleuchten? Hier gibt
es sogar einen Röntgenapparat, an dem man üben kann. Du
kannst ihr aber auch einen Tropf in der Armbeuge anbringen,
genau wie Schwester Tony Steel das mit dir gemacht hat.«

Aber das wollte Eddie auch nicht.

»Vielleicht bist du müde und möchtest dich wieder hinlegen?«
fragte Lennart vorsichtig. Er war nämlich selbst müde. Eddie
schüttelte den Kopf.

»Wir bringen auch Spielzeug zu den Kindern, die nicht hierher
kommen können. Wir versuchen, uns gesund zu spielen«, sagte
die Frau mit dem Salzteig. Sie sah wirklich sehr gesund aus mit
ihren lockigen Haaren und den großen weißen Zähnen. Wahrscheinlich hatte sie schon mit sehr viel Salzteig in ihrem Leben
gespielt.

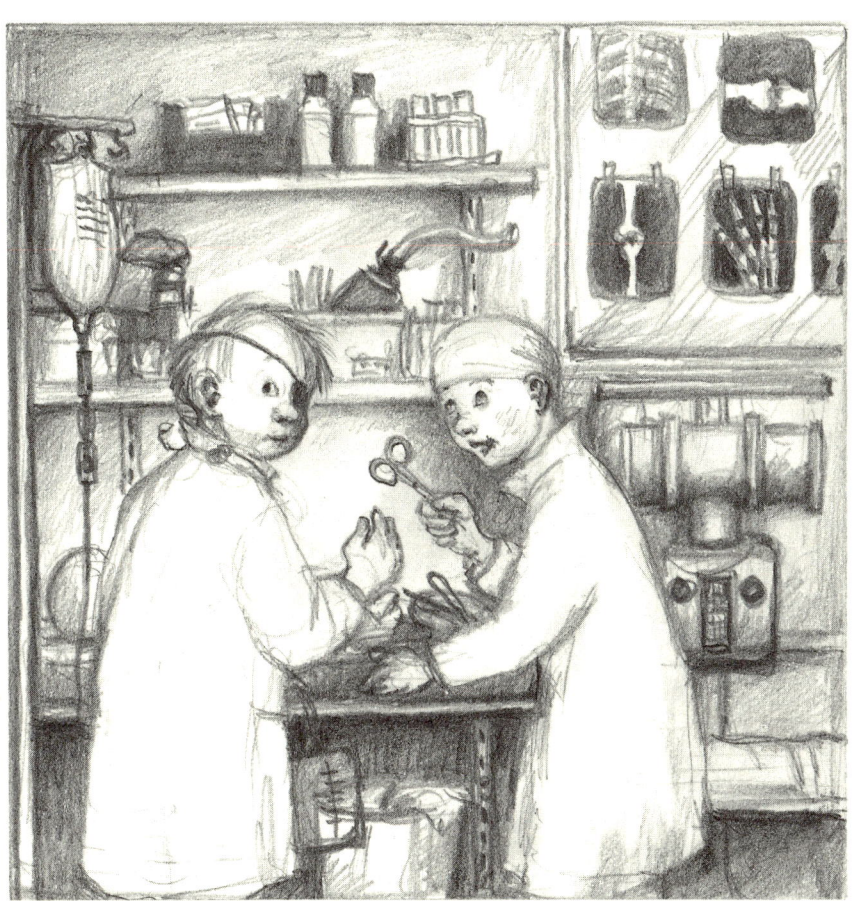

»Und in dem Zimmer gegenüber gibt es eine Bibliothek mit Kinderbüchern in siebenundzwanzig Sprachen.«

»Ich kann die Räubersprache«, sagte Eddie ernst.

Alle lachten, aber das merkte Eddie nicht, denn er hatte etwas entdeckt, was seine Augen zum Leuchten brachte.

Eine Hobelbank! Er ließ Klara stehen und zog mit seinem Tropf davon in ein Paradies der Hämmer, Sägen, Nägel und Bretter, und Lennart war dicht hinter ihm. Auch seine Augen leuchteten! Er krempelte sich die Ärmel auf, und Vater und Sohn begannen zusammen zu tischlern. Sie reichten einander das Werkzeug und halfen sich gegenseitig, die Bretter festzuhalten.

»Wollen wir ein Schiff bauen?«

Klara lächelte ihnen zu und guckte auf die Uhr.

»Dann kann ich ja gehen und ein bißchen Inhalationstechnik üben«, sagte sie.

Lennart sah sie erstaunt an.

»Hast du etwa auch Asthma? Mußt du auch lernen, richtig zu atmen?«

»Du bist ja dumm«, antwortete Eddie an Klaras Stelle. »Sie hat doch Tiere zu Hause. Und massenhaft Staub! Sie kann gar kein Asthma haben.«

Klara und Lennart lächelten beide etwas verlegen.

»Och«, sagte Klara, »das ist nur ein Spaß. Wir sagen das bloß so, wenn wir rausgehen und mal rauchen wollen.«

Lennart und Eddie blieben in der Spieltherapie, bis dort geschlossen wurde. Als sie gingen, sahen sie Peter, der in einem Zimmer für

Jugendliche saß und *Nintendo* spielte. Ein Mädchen, das keine Haare mehr hatte, spielte auf einer Gitarre und sang.

»Wenn ihr morgen wiederkommt, könnt ihr mit mir Pizza bakken«, sagte die Salzteigfrau.

Beide schüttelten freundlich und entschieden ihre dunklen Locken und antworteten genau gleichzeitig:

»Wir wollen lieber tischlern!«

Die Salzteigfrau stellte die Tischlerarbeit, die einmal ein Schiff werden sollte, auf das höchste Regal.

»Ich hab viele Farben«, sagte sie zu Eddie, »falls du es anmalen willst, wenn du mit Nageln fertig bist.«

Lennart wollte kurz nach Hause zu Arne fahren und nachsehen, ob seine Schwester nicht allen Schnupftabak weggeworfen hatte, den er in Dänemark gekauft hatte. Klara und Eddie fuhren zu ihrer Station hinauf, und eine Minute, bevor das Essen kam, war Eddie eingeschlafen. Als er eine Weile später wieder wach wurde, fand er einen Zettel auf seinem Tisch. Klara hatte mit Druckbuchstaben geschrieben:

TSCHÜS, EDDIE! JETZT FAHR ICH NACH HAUSE UND BIN MORGEN FRÜH UM SIEBEN WIEDER DA, WENN ICH NICHT VERSCHLAFE.

SCHLAF GUT, KLARA.

Eddie drehte und wendete den Zettel. Er konnte ihn nicht besonders gut lesen, nur die Wörter Klara und Eddie.

Peter lag in seinem Bett und beobachtete Eddies Versuche.

»Soll ich dir helfen?« fragte er.

Eddie schluckte und nickte.

»Ich geh nicht oft in die Schule. Ich werde Kamelpfleger bei einem Zirkus.«

»Oje«, sagte Peter. »Zirkus ist für Leute wie uns, die Asthma haben, nicht so gut. Du mußt dir wohl was anderes ausdenken.«

Eddie fühlte sich ganz jämmerlich.

»Was willst du denn werden?« fragte er.

Plötzlich fiel ihm überhaupt kein Job ein, wo man nicht mit Tieren zu tun hatte. Pelztieren. Höchstens Flohzirkus, aber der war wahrscheinlich zu pfriemelig.

»Irgendwas mit Schiffen«, antwortete Peter. »Auf See kann man leichter atmen. Ich wohne ganz in der Nähe vom Hafen.«

»Hast du auch Asthma?« fragte Eddie.

Peter nickte. »In diesem Zimmer haben alle Asthma«, sagte er. »Joachim auch.«

Bis jetzt war der neue Junge, der Joachim hieß und in Eddies Alter war, ganz still gewesen. Jetzt richtete er sich plötzlich in seinem Bett auf.

»Ich hab schon achtzehnmal Lungenentzündung gehabt«, sagte er und sah sich um.

»Und ich bin wahrscheinlich genausooft im Krankenhaus gewesen wie zu Hause«, sagte Peter und lächelte.

»Aber ich hab schon sechs Schwimmabzeichen«, sagte Joachim. »Seepferdchen, Bronze, Silber . . .«

»Und Goldpferdchen«, unterbrach Eddie ihn. Alle lachten. Plötzlich hatten sie richtig Spaß miteinander. Joachims Mama strickte und lächelte ihnen zu. Auf einem Schild über seinem Bett stand, daß Joachim keine Eier, Fisch und Nüsse verträgt.

»Ich kann keine Filzstifte vertragen«, sagte Tomas plötzlich. »Das erste Mal bin ich so richtig krank geworden, als wir in der Schule mit Filzstiften malen sollten. Ich hab bei der Schulschwester auf einer Pritsche gelegen und nach Luft geschnappt wie ein Fisch auf dem Trockenen. Alle haben gelacht, als sie erfuhren, daß ich von Filzstiften krank werde.«

»Sag ihnen, sie sollen sich die Nase zuhalten, einen Strohhalm in den Mund nehmen und versuchen, ein paar Stunden so zu atmen. Dann wissen sie, wie es ist, wenn man Asthma hat, und dann wird ihnen das Lachen schon vergehen«, sagte Peter.

Die Jüngeren sahen ihn bewundernd an. Das war total stark.

Und was für eine Schirmmütze er hatte! Mit echten Tarnfarben. Ihn würde man im Wald nicht finden.

»Hab verstanden«, sagte Eddie. »Muß es ein blauer oder gelber Strohhalm sein?«

Lennart und Eddie
gucken sich den Himmel an

Lennart, Arne und Tante Ann-Sofie aßen. Ann-Sofie war eine Meisterin, wenn es ums Essen ging, im Kochen und im Selberessen, und beim Mittag war sie immer guter Laune. Ihre eigenen vier Kinder waren schon alle Jugendliche, aber so hungrig wie Lennart und Arne waren die nie gewesen. Die beiden aßen alles auf, was da war.

Sie erzählten Ann-Sofie von dem Schiff in der Eingangshalle vom Krankenhaus. Eine Brigg, sagte Lennart.

Ann-Sofie schüttelte den Kopf.

»Du weißt aber auch nichts über Schiffe«, sagte sie. »Ich hör es doch richtig, das ist eine Bark. Du hättest in Bohuslän bleiben sollen, da hättest du Verstand und Bildung gekriegt.«

Aber Lennart hörte ihr gar nicht zu.

»Und da«, sagte er mit leuchtenden Augen, »da ist es mir wieder eingefallen, wie lange es her ist, seit ich zuletzt ein Schiff gebaut hab. Ein Borkenschiff. Als ich klein war, habe ich dauernd Borkenschiffe gebaut.«

Ann-Sofie lachte, und ihr brauner Blick war jetzt weniger streng, als sie ihren Bruder anguckte.

»Wieso, hast du das etwa vergessen? Borkenschiffchen waren doch das einzige, was du im Kopf hattest, als du klein warst. Im Sommer hattest du eine ganze Flotte unten in der Bucht im Tang. Und eine richtige Schiffswerft hast du dir gebaut. Das hast du doch sicher deinen Jungen auch beigebracht.«

Lennart sah auf den Tisch und schüttelte den Kopf.

»Auf die Idee bin ich nicht gekommen, ich hatte nie Zeit dazu.«

Er ging nach draußen und dachte nach. Nein, ein Borkenschiff war nicht gut genug. Er würde etwas Besseres bauen. Er würde massenhaft Zeit haben, jetzt, wo er mit dem Schnapstrinken aufgehört hatte. Es ging schließlich ganz schön viel Zeit drauf, wenn man Schnaps trank. Erst mußte man ihn ranschaffen, dann mußte man ihn trinken und dann den Rausch ausschlafen. Jetzt würde er nur noch Wasser trinken und Schiffe bauen. Richtige Modellschiffe. Im Holzschnitzen war er geschickt gewesen, das wußten alle.

Nach einer Weile kam Arne hinterher und suchte ihn.

»Sie sagt, du sollst Kaffee trinken kommen!« schrie er.

Er fand seinen Papa im Holzschuppen. Da stand er und hielt das alte Holzpferd in der Hand, das er einmal gemacht hatte, und träumte.

»Ich werd Schiffsmodelle bauen, Arne!« sagte er. »Erst baut man das Schiff, und dann schiebt man es in eine Flasche, und alle Teile müssen flach liegen. An den Teilen sind Schnüre befestigt, und an denen kann man hinterher alles aufrichten. Das hab ich im Fernsehen gesehen.«

»Ich hab auch im Fernsehen gesehen, wie man es macht«, sagte Arne. »Erst baut man ein Schiff, und dann beauftragt man einen

Glasbläser, die Sache mit der Flasche drum herum zu erledigen. Buddelschiffe! Ist das nicht ein bißchen zu pfriemelig für dich?«

»Oh, ich denke, ich habe gute Voraussetzungen«, sagte Lennart großspurig und war immer noch voller Bewunderung für sein Holzpferd.

»Voraussetzungen! Klar, mindestens für hundert Buddelschiffe«, sagte Arne finster und guckte auf die Reihen von leeren Flaschen auf dem Fußboden.

Nach dem Abendbrot war es ziemlich still im Krankenzimmer. Tomas und Joachim schliefen schon, und ihre Mütter waren fernsehen gegangen. Peter las, und Eddie lag im Halbschlaf, als Lennart hereinkam. Nervös ging Lennart im Zimmer auf und ab.

»Du kannst ruhig eine rauchen gehen, wenn du willst«, sagte Peter. »Ich erzähl Eddie, daß du da bist, wenn er wach wird.«

Lennart lächelte verlegen.

»Im Erdgeschoß gibt's ein Raucherzimmer, falls du nicht raus in die Kälte willst«, sagte Peter. »Aber es wäre am besten, wenn du ganz mit Rauchen aufhörst, wo Eddie jetzt Asthma hat. Meine Freunde haben das alle getan, als ich krank wurde. Die nehmen jetzt Schnupftabak.«

»Aha, im Erdgeschoß«, sagte Lennart. »Wo die schöne Bark liegt.«

»Genau«, sagte Peter, »aber es ist eine Brigg. Ein Künstler hat sie gemacht, Bengt Lundin, die ist noch nie übers Meer gesegelt.«

»Logo, ohne Kiel kann man ja nicht segeln. Außer man hat ein Schwert«, sagte Lennart herablassend. Schließlich war er es, der aus Bohuslän stammte, und niemand anders.

»Peter weiß schon alles über Schiffe!« ertönte plötzlich Eddies Stimme aus dem Bett. »Er wohnt nämlich am Hafen.«

»Für einen Asthmakranken ist es gut, wenn er am Wasser wohnt«, sagte Peter.

»Wir wohnen auf dem Lande«, sagte Lennart, »in der Nähe von einem Bauernhof mit Tieren.«

»Vielleicht könnte man das Haus ans Meer rollen?« schlug Eddie vor. »Man müßte es auf Stämme legen, so wie man das mit Schiffen macht, wenn sie zu Wasser gelassen werden.«

Wirklich erstaunlich, was der Junge alles im Kopf hatte. Woher wußte er das nur? Lennart kratzte sich nachdenklich an seinem eigenen, während Eddie darüber nachdachte, wie das Stück Land wohl ohne Haus aussehen würde. Und wie das Haus auf einer Klippe am Meer zwischen Tang, Quallen und grünen Wellen aussehen würde. Da hätte er keine Schwierigkeiten, seinen Kopf kühl zu halten. Aber was sollte aus seinem Bach werden? Bäche konnten nicht so leicht umziehen wie ein Haus. Dann würde er mehrere Kilometer fahren müssen, um seinen Bach zu besuchen. In den ersten Jahren würde das ganz schön anstrengend werden, aber dann konnte er sich ja ein Moped anschaffen.

Später, als es dunkel im Zimmer war, waren nur noch Lennart und Eddie wach. Es war ein aufregendes Gefühl, im Bett zu liegen, zu reden und sich anzugucken. Lennarts Bett stand dicht neben Eddies, aber es war viel niedriger, weil es nicht so ein tolles Krankenhausbett war, das man nach Belieben höher oder niedriger stellen konnte.

Eddie hatte noch nie im selben Zimmer mit seinem Papa geschlafen.

»Weißt du, wie die Straße da oben heißt?« fragte Eddie und zeigte zum Fenster.

»Ja, Milchstraße«, antwortete Lennart schläfrig.

»Dummi«, sagte Eddie. »Butterschloßstraße heißt die. Das ist der schönste Name von einer Straße, den ich kenne. Stell dir mal vor, eine Straße voller Butterschlösser!«

Lange lagen sie still da und stellten sich die verschiedenen Butterschlösser vor.

»Schade, daß Klara nach Hause gegangen ist«, sagte Eddie. »Sonst

hätte sie uns noch mal gute Nacht gesagt, wenn ich auf den Knopf gedrückt hätte.«

Lennart lachte.

»Sie hat doch wohl ein eigenes Zuhause.«

»Ja, mit furchtbar vielen Tieren«, sagte Eddie seufzend. »So was kann ich nie kriegen. Dabei hab ich Tiere doch so gern.«

»Uns fällt schon noch was anderes ein«, sagte Lennart. »Wir können anfangen, Boote zu bauen wie in der Spieltherapie. Wir könnten Borkenboote schnitzen, falls es heutzutage noch Baumrinde gibt. Das habe ich tatsächlich schon lange nicht mehr untersucht.«

»Das gibt es«, sagte Eddie begeistert. »An meinem Bach haben die Bäume ganz viel Borke. Dort wohnen Insekten.«

»Und im Winter können wir richtige Buddelschiffe bauen, solche mit tausendvierhundertelf Teilen, und immer hat ein Teil gefehlt«, fügte Lennart hinzu.

»Mir reichen solche Borkenschiffe«, sagte Eddie. »Ich glaub, die sind schöner. Ich hab noch nie ein Borkenschiff gesehen.«

»Komisch«, sagte Lennart, »du spielst doch dauernd am Bach. Als ich klein war . . .«

»Aber mir hat doch keiner ein Borkenschiff gezeigt«, protestierte Eddie. »Ich wußte ja nicht mal, daß es Borkenschiffe gibt.«

Lennart streckte die Hand aus und streichelte Eddie über die Wange.

»Das werden wir ändern«, sagte er.

»Du bist doch nie zu Hause«, wandte Eddie ein. »Außer wenn du schläfst.«

»Das werde ich auch ändern«, sagte Lennart, nachdem er eine

Weile geschwiegen hatte. »Besser gesagt: Ich *hab* es geändert. Wir werden viel mehr zusammen sein, und ich kann ganz gut tischlern.«

»Ich weiß«, sagte Eddie. »Wann fahren wir morgen nach Hause?«

»Schwester Antenne hat gesagt, du darfst nur nach Hause, wenn du kein Fieber hast«, antwortete Lennart. »Und wenn das so ist, wird es am Vormittag sein, wenn der Doktor dich untersucht und mit mir gesprochen hat«, antwortete Lennart. »Und dann zeigt uns die Krankengymnastin, wie man die Medizin zu Hause nimmt und richtig atmet.«

»Ich wußte gar nicht, daß man auf verschiedene Weise atmen kann«, sagte Eddie schläfrig und drehte sich auf die andere Seite. Es war ein ganz neues Gefühl, sich frei bewegen zu können, was er konnte, seit Schwester Tony Steel ihn von dem Tropf befreit hatte.

»Papa, du mußt eine Karte machen, damit Klara den Weg zu uns nach Hause findet.«

Lennart richtete sich in seinem Bett auf.

»Was hast du gesagt? Klara? Warum sollte sie eine Karte haben, wo wir wohnen?«

»Manchmal kapierst du wirklich langsam«, sagte Eddie. »Du hast wahrscheinlich zuviel Schnaps in deinem Leben getrunken. Sie braucht eine Karte, damit sie unser Haus findet, Dummi.«

»Aber warum sollte sie unser Haus finden?«

»Weil ich sie zu uns eingeladen hab, ist doch klar.«

Arne kletterte auf das Dach des Fahrradständers. Von hier oben konnte er Mimi eher sehen, wenn sie kam. Noch nie war er so frühzeitig zur Schule gekommen. Die Tante hatte ihm einen Riesenteller Grütze zum Frühstück vorgesetzt, und dann hatte sie ihn zu einem Bus geschickt, den er noch nie so früh gekriegt hatte. Er hatte gar nicht gewußt, daß auch mitten in der Nacht Busse in die Stadt fuhren. Es war erst zwanzig vor acht, als er auf dem fast menschenleeren Schulhof ankam.

Schließlich entdeckte er jedenfalls etwas Rosafarbenes und sprang vom Fahrradständer herunter. Er lief Mimi entgegen, obwohl Krille leise »Buh!« rief.

»Wir müssen die Einladungen für die Disco machen!« sagte Arne. »Ich hab mir das Zimmer mit dem Kopierapparat angeguckt. Es ist nicht abgeschlossen. Und der Hausmeister sitzt bei sich zu Hause und frühstückt. Wir müssen einen zulegen.«

»Was?« sagte Mimi. »Ich bin noch gar nicht ganz wach. Hast du die letzte Matheaufgabe rausgekriegt?«

Arne seufzte.

»Red doch jetzt nicht von so unwichtigen Sachen. Wir müssen die Einladungen machen, wann es losgeht und was es kostet und so was. Ich kann ein Pärchen zeichnen, das einen Klammerblues tanzt. Ich bin ein As im Zeichnen.«

Mimi sah ihm in das eifrige Gesicht und die munteren Augen hinter den ungewöhnlich gut geputzten Brillengläsern. Er war wirklich süß.

»Wie dumm du aussiehst«, sagte sie. »Und willst du mich nicht erst mal fragen, ob wir überhaupt eine Disco bei mir zu Hause geben dürfen?«

Arne war ganz erstaunt.

»Ich hab natürlich gedacht, daß du es längst geklärt hast«, sagte er. »Das hab ich ganz eiskalt einkalkuliert. Hast du es etwa nicht getan?«

Mimi lächelte ihn an.

»Doch, das hab ich schon«, sagte sie, »aber es hat gedauert . . .«

»Wie lange?«

Mimi zählte im Kopf nach und guckte auf die Uhr.

»Neun Minuten mit Mama und zwei Minuten und eine viertel mit Papa. Er hat uns kein Popcorn erlaubt, weil man das in den Teppich tritt.«

»Kein Problem«, sagte Arne munter. »Die Teppiche schmeißen wir doch raus. Wir wollen ja tanzen.«

Klara kriegt
ein Eis

Als Klara Eddie um acht Uhr weckte, war Lennarts Bett leer. Er machte schon einen Spaziergang und rauchte.

»Er hat versprochen, zum Frühstück da zu sein«, sagte Klara. »Ist er auch allergisch gegen Herbsen?«

Eddie nickte.

»Dann kriegt er Hafergrütze wie du«, sagte Klara. »So was brauchen große, starke schwedische Männer.«

»Er ist überhaupt nicht so stark, wie er aussieht«, sagte Eddie schnell. Er fürchtete, Klara könnte Lennart beängstigend stark finden, so wie King-Kong. »Er kann kaum die Decken anheben, wenn er die Betten macht«, sagte er.

Klara lachte.

»Dann wollen wir ihm mal beibringen, wie man Betten macht, wenn er kommt.«

Aber als Klara auf das Fieberthermometer sah, zeigte es sich, daß Eddie immer noch Fieber hatte. Also durfte er heute noch nicht nach Hause. Das erzählte sie Lennart, als sie ihn draußen auf dem Flur traf, und Lennart ging schnell zu Eddie hinein, um ihn zu trösten. Aber Eddie sah nur ein bißchen erstaunt aus und aß weiter seine Grütze.

»Bist du nicht traurig?« fragte Lennart.

Eddie schüttelte den Kopf.

»Ich bin schon zweimal traurig gewesen in diesem Krankenhaus«, antwortete er. »Einmal, weil ich keinen Hund vertrage, und einmal, weil ich nicht Kamelpfleger im Zirkus werden kann.«

Lennart rief Ann-Sofie an, die gerade einen Haufen Plunder aus dem Haus und dem Holzschuppen schmiß. Sie hatte einen Container bestellt, in den sie alles warf, was sie für wertlos hielt. Verrostete Kochtöpfe, verhedderte Angelleinen und alte Fahrräder.

»Du kannst doch nichts wegwerfen, wenn ich nicht da bin«, jammerte Lennart.

»Gerade weil du nicht zu Hause bist, mach ich es heute«, antwortete Ann-Sofie zufrieden und legte den Hörer auf.

In der Frühstückspause verteilten Arne und Mimi die Disco-Einladungen. Sie hatten es im Unterricht versucht, aber Axel hatte gestöhnt:

»Ihr müßt den Unterschied zwischen Arbeit und Freizeit begreifen. Alles, was wir in der Schule tun, ist Arbeit, Disco und die Vorbereitungen zu einer Disco gehören in die Freizeit. Übrigens habt ihr mich nicht eingeladen.«

Mimi schlug die Hände zusammen.

»Ach, du Armer!« sagte sie. »Wir haben gedacht, du darfst Freitag abend nicht weggehen wegen deiner Frau. Sie ist ja Polizistin, und da haben wir gedacht, daß sie furchtbar stark ist. Natürlich darfst du kommen. Möchtest du auch am Tanzwettbewerb teilnehmen?«

Axel wurde rot.

»Ich hab bloß Spaß gemacht. Freitag kommen meine Frau und mein kleines Ferkel nach Hause, aber es ist nett, daß ihr an mich gedacht habt. Übrigens kann ich gar nicht tanzen.«

»Überhaupt nicht? Kein bißchen?« fragte Maria erstaunt.

Axel schüttelte den Kopf und wandte sich zur schwarzen Tafel, um eine Aufgabe aufzuschreiben.

»Wie hast du dann ein Kind gekriegt?« fragte Janna.

Als die Kinder der 3 b den Eßsaal der Schule verließen, standen Arne und Mimi da und verteilten die Blätter mit der Einladung für die Disco. »Sollen die beiden auf der Zeichnung Arne und Mimi darstellen?« fragte Jorma kichernd und zeigte auf das Paar, das einen Klammerblues tanzte.

»Paß bloß auf, daß ich dir keinen Schnupftabak ins Ohr spucke!« zischte Arne.

Jorma nahm seinen Zettel und lief entsetzt davon.

Linda, Maria und Janna musterten ihre Einladungen kritisch.

»Was, keine Schuhe mit spitzen Absätzen?« sagte Linda. »Ich geh nur noch mit spitzen Absätzen zur Disco.«

»Das geht aber nicht bei uns, sagt mein Papa, weil wir nämlich Parkett haben«, sagte Mimi.

»Ihr wißt wohl nicht, was in ist«, fauchte Linda, »wir hätten lieber bei uns eine Disco machen sollen. Wir haben Kiefer im ganzen Haus, auf Antik geschliffen. Und in der Küche haben wir italienischen Marmor.«

»Wir können aber nicht bei euch feiern, und wenn du das noch so gern willst«, zischte Mimi, »weil du nämlich eine Katze hast, und

Eddie hat Asthma. Er darf nicht mit Pelztieren zusammenkommen.«

»Ist Eddie auch dabei?« schrie Janna. »Hier steht nichts von Geschwistern. Prima, ich bin freitagabends nämlich immer Babysitter für meine kleinen Geschwister, wenn Mama tanzen geht. Dann können die Kleinen auch mitkommen.«

»Geschwister dürfen nicht mitkommen«, sagte Arne nachdrücklich. »Nur Eddie.«

Damit setzte er einen Schlußpunkt hinter die Diskussion.

Nachdem die Visite gegangen war, bekam Klara alle Händevoll zu tun mit einem neuen Patienten, einem vierjährigen Jungen, der am Herzen operiert worden war und in einem Zimmer für sich liegen sollte.

»Wir sehen uns, wenn ihr vom Tischlern wiederkommt!« rief sie fröhlich und verschwand mit Schwester Tony Steel im Zimmer Nummer 8. Lennart und Eddie fuhren mit dem Lift ins Erdgeschoß, um in die Spieltherapie zu gehen.

Als der Lift unten ankam, vergaß Lennart, den Lift zu verlassen. Er stand vor der offenen Lifttür und überlegte, ob er vergessen hatte sich zu rasieren oder nicht.

»Nicht die Tür blockieren!« rief die energische Damenstimme von oben, und Lennart fuhr erschrocken zusammen. Eddie nahm seinen Papa bei der Hand.

»Eigentlich müßte man ein Schiff wie dies hier in der Eingangshalle haben«, sagte Lennart.

»Welches Schiff?«

Lennart zog Eddie mit sich. Eddies Augen wurden rund.

»*Very big!*« sagte er schließlich.

Lennart setzte sich auf einen Stuhl. »Du kannst auch auf dem Schiff spielen«, sagte er und zeigte auf ein paar Kinder, die an Deck herumtobten. Ganz oben in der Rigg saß eine Putzfrau und aß ein Eis und las in einer finnischen Zeitung. Ein typischer pensionierter Seebär aus Bohuslän in gestreiftem Hemd mit Schiffermütze spleißte Tauwerk mit einem Marlspieker.

»Das muß in Ordnung gebracht werden«, brummelte er. »Der Verschleiß auf See ist groß.«

»Spring ins Boot«, sagte Lennart zu Eddie.

Der schüttelte den Kopf und setzte sich neben seinen Papa.

»Geht es dir nicht gut?« fragte Lennart.

Eddie nickte freundlich.

»Aber warum spielst du dann nie? Arne spielt doch auch.«

Eddie zuckte mit den Schultern. »Ich weiß nicht.«

Aber in der Spieltherapie begannen Eddies Augen zu leuchten. Aus dem Raum für die Jugendlichen ertönte leise Musik, und durch große Fenster konnte man den Platz draußen sehen. Die Schaukeln, Klettergerüste und Parkmöbel waren mit Rauhreif überzogen.

Es roch gut nach Pizza aus dem Backofen, und zwei Mädchen gruben in einem Karton mit Weihnachtsschmuck. Lennart nahm das Boot vorsichtig von dem hohen Regal. Er war der größte in der Spieltherapie.

»Ich weiß!« sagte Eddie. »Wir bauen eine Kommandobrücke.«

»Was für Wörter du kennst!« sagte Lennart beeindruckt.

»Ja, da soll Kapitän Krook stehen«, sagte Eddie und begann, an einem kleinen Holzstück zu feilen.

Lennart lachte vor sich hin, während er die Dose mit den Nägeln holte.

»Jetzt spielst du ja, Eddie«, sagte er.

Eddie guckte seinen Vater erstaunt an.

»Ich spiele nicht. Ich arbeite.«

Nach der Schule nahm Arne den Bus, um Eddie zu besuchen.

»*Central Hospital*, kommst du da vorbei?« fragte Arne den Fahrer.

»Wie bitte?« fragte der Busfahrer, der aus dem Iran war.

»Entschuldige, ich bin ein bißchen international«, sagte Arne.

»Zentral-Krankenhaus, falls du das besser verstehst.«

Geübt schob er die Magnetkarte in den grünen Kontrollapparat und ließ sich auf den Platz für Allergiker sinken. An den mußte er sich ja gewöhnen, bis Eddie nach Hause kam.

Einer Frau, die mit einem kleinen, albernen Hund im Korb einstieg, warf er böse Blicke zu.

Die Frau sah erschrocken aus. »Bist du allergisch gegen Hunde?« fragte sie.

»Ich nicht, aber mein Bruder!«

Als Arne in der Station 23 ankam, hatte es dort gerade etwas zu essen gegeben. Lange sah Arne den Tabletts nach, die hinaus zum Essenwagen getragen wurden. Eddie saß auf dem Fußboden und unterhielt sich mit Maxon Jonsson drinnen im Schrank, und Lennart guckte aus dem Fenster.

»Arne!« rief Eddie. »Ein Tablett ist übriggeblieben, Tomas ist nämlich nach Hause gefahren.«

Wie der Blitz war Arne draußen auf dem Flur und kehrte zufrieden mit einem Tablett zurück.

»Bin ich gegen Fisch allergisch?« fragte er sich und gab selbst die Antwort: »Nein, das bin ich wirklich nicht.«

Und dann aß er den ganzen Dorsch auf, der auf dem Teller war.

»Schade, daß man dauernd Hunger hat«, sagte er. »Sonst könnte man alle übriggebliebenen Tabletts der Station 23 einsammeln und vor dem Restaurant verkaufen, wo das Personal ißt. Billiger natürlich.«

Lennart drehte sich hastig um. »Falls ihr ein bißchen für euch sein möchtet, könnte ich rausgehen und eine rauchen.«

»Geht in Ordnung, Vater«, sagte Arne. Er hatte seinen Papa noch nie so frisch gesehen. Am besten, er rauchte ein bißchen, damit er nicht zu perfekt wurde.

»Ich hab Klara zu uns nach Hause eingeladen«, sagte Eddie, als Lennart gegangen war.

»Prima«, sagte Arne, »wo Tante Ann-Sofie gerade überall aufgeräumt hat. Es ist kaum was übriggeblieben im Haus. Ein Glück, daß sie bald nach Hause fährt.«

»Und was für ein Glück, daß die Schildkröte nicht zu Hause war«, sagte Eddie. »Die hätte sie doch sofort mit dem Staubsauger aufgesaugt.« Er schauderte bei dem Gedanken.

»Aber glaubst du, Klara hat Zeit, alle alten Patienten zu Hause zu besuchen?« fragte Arne nachdenklich. »Es müssen ja mindestens tausend sein, wenn sie nur ein paar Jahre gearbeitet hat.«

»Sie hat es jedenfalls gesagt, und dann wird sie schon kommen«, sagte Eddie zuversichtlich.

»Wahrscheinlich möchtest du, daß sie ganz zu uns zieht und Papa heiratet«, sagte Arne im Spaß und boxte Eddie in die Seite. Sein kleiner Bruder wirkte nicht mehr ganz so zerbrechlich und empfindlich.

»Daran hab ich auch schon gedacht«, antwortete Eddie ernsthaft, »aber das geht leider nicht, weil sie ja leider so viele Tiere hat.«

Nach einer Stunde guckte Arne besorgt auf die Uhr.

»Papa braucht aber lange zum Rauchen«, sagte er bedrückt.

»Ja«, sagte Eddie. »Wahrscheinlich ist es eine sehr lange Zigarette. Vielleicht eine Zigarre.«

Arnes Gesicht leuchtete auf.

»Ja, du hast recht«, sagte er. »Axel hat ihm eine Zigarre geschenkt, weil er doch ein Baby gekriegt hat. Die raucht er natürlich. Dann brauchen wir uns ja keine Sorgen mehr zu machen.«

Sie gingen Klara suchen, denn Eddie wollte Arne die Spieltherapie zeigen. Klara kam gerade aus Nummer 8 und sah ein bißchen müde aus. Sie schrieb etwas in einen Notizblock.

Als sie Arne entdeckte, umarmte sie ihn, als ob sie ihn vierzehn Tage nicht gesehen hätte.

»Weißt du, daß ich euch nächste Woche besuchen komme, wenn ich einen freien Tag habe?« sagte sie.

Arne und Eddie strahlten um die Wette.

»Da siehst du«, sagte Eddie, »es ist wahr. Himmlische Glocken läuten.«

»Was hast du gesagt?« fragte Arne und blieb mitten auf dem Flur stehen.

»Nichts Besonderes. Das ist mir bloß gerade eingefallen.« Arne warf einen schnellen Blick in das Zimmer für Jugendliche und las voller Bewunderung das Schild, das dort hing:

Hat man Schwarzenegger nicht gesehn,
ist die Welt nur halb so schön.

»Was für Musik wollt ihr auf der Disco spielen?« fragte Eddie.

»Jedenfalls nicht New Kids on the Block.«

»Ich bin für die Rolling Stones«, ertönte eine Stimme. »Von was für einer Disco redet ihr eigentlich?«

»Rolling Stones! Die sind doch megaout!« rief Arne und drehte sich blitzschnell um.

»Papa, du hast aber lange geraucht!« sagte Eddie.

»Ich hab auch noch telefoniert«, sagte Lennart und lächelte schuldbewußt. »Es ist nämlich so, daß ich nach Weihnachten für ein paar Wochen in eine Klinik gehe, damit ich geheilt werde und vom Schnaps wegkomme. Ann-Sofie hat versprochen, in der Zeit bei euch zu wohnen und sich um euch zu kümmern. Haltet ihr das aus?«

Eddie und Arne guckten sich an.

»Lieber Klara«, sagte Eddie.

»Das geht doch nicht, Mensch«, sagte Arne. »Wir haben nichts dagegen. Aber Ann-Sofie darf unser Zimmer nicht betreten. Sie darf dort nichts anrühren. Die Schwelle nicht mal mit dem großen Zeh überschreiten.«

»Nicht mal mit dem kleinen Zeh«, sagte Eddie.

Lennart nickte ernst. »Ich werd dafür sorgen«, sagte er.

»Aber Essen darf sie kochen«, sagte Eddie.

»Ja, Essen kochen kann sie gut«, gab Arne zu. »Aber sonst ist sie ziemlich nervig.«

»Ihr dürft mich manchmal besuchen«, sagte Lennart und sah die beiden flehend an. »Die Klinik ist nicht weit entfernt. Und wenn ich dann nach Hause komme, nehm ich nur noch Tagesfuhren. Bin nachts nicht mehr weg. Dann können wir ganz viel am Boot bauen.«

»Jaja«, sagte Arne.

»Jaja«, sagte Eddie.

Sie gingen in die Spieltherapie, um das Boot zu bewundern.

»Morgen darfst du nach Hause, Eddie«, sagte die Salzteigfrau, »am besten, du malst dein Schiff jetzt an.«

Eddie bekam eine Schürze umgebunden. Er saß an einem besonderen Tisch und begann, die Kommandobrücke mit fröhlicher schwarzer Farbe anzumalen.

Arne erzählte Lennart von der Disco. Der dachte eine Weile nach, dann leuchtete sein Gesicht auf.

»Ich könnte alle Kinder nach Hause fahren, wenn um neun Uhr Schluß ist«, sagte er.

»Meinst du das ernst?« fragte Arne.

»Klar, wäre doch lustig«, sagte Lennart und lächelte wie ein kleiner Junge. »Manche sind vielleicht noch nie in einem Laster mitgefahren. Sie dürfen auf der Ladefläche sitzen.«

»Hast du da denn Sicherheitsgurte?« fragte Arne. »Achtzehn Stück!«

Lennarts Gesicht verdüsterte sich, aber dann lächelte er schon wieder.

»In der Fahrerkabine gibt's ja drei Sitzplätze«, sagte er, »mit Sicherheitsgurten. Ich fahr immer zwei zur Zeit nach Hause. Das gefällt den Eltern bestimmt. Die können es sich ja in ihren Reihenhäusern gemütlich machen und Krabben essen und Weißwein trinken.«

Arne guckte seinen Vater verdutzt an.

»Warum sollten sie das tun?«

»Weiß ich auch nicht«, sagte Lennart und zuckte mit den Schultern. »Ich dachte, normale Leute tun das.«

Plötzlich sah er merkwürdig einsam aus.

Arne klopfte ihm auf die Schulter.

»Es ist schon lange her, seit Eddie und ich zuletzt ein Eis gekriegt haben«, sagte er. »Auf der Liste stehen ganz gute Sorten.«

Sie saßen da, leckten jeder an seinem Eis und betrachteten das Schiff, als Klara an ihnen vorbei auf den Ausgang zuging. Sie trug normale Alltagskleider. Eddie stürzte zu ihr und musterte ihre Jeans.

»Da steht ja gar nicht Eigentum des Zentral-Krankenhauses drauf«, sagte er.

»Nein, jetzt bin ich frei«, sagte Klara und lächelte. »Ich hab bis Dienstag frei.«

Lennart fragte, ob er sie zu einem Eis einladen dürfe (weil sie so nett zu Eddie gewesen war, zu beiden Jungen), und nach kurzer Überlegung nahm Klara die Einladung an. Bald saß sie bei den dreien und leckte ein Eis und betrachtete das Schiff.

»Eddie hat gesagt, er hat dich zu uns nach Hause eingeladen, ist das denn erlaubt?« fragte Lennart.

»Doch, das kommt manchmal vor«, sagte Klara. »Und Eddie will mir seinen Bach zeigen.«

»Es ist nett von dir, daß du kommen willst«, sagte Lennart.

Klara warf ihm einen langen Blick zu.

»Das ist nicht nett. Ich interessiere mich für Eddies Bach«, sagte sie ernst. »Seine Schildkröte hab ich ja schon kennengelernt.«

»Ja, die hab ich beim Poker gewonnen«, sagte Lennart stolz.

»Heute nacht darf sie in meinem Bett schlafen«, sagte Eddie eifrig, »weil es die letzte Nacht ist.«

Klara erhob sich, um auf Wiedersehen zu sagen. Sie umarmte Arne (lange) und dann Eddie (am längsten). Dann reichte sie Lennart die Hand. Der ergriff sie und sagte:

»Wenn du willst, kann ich dir auch etwas zeigen, etwas, das ich selbst gemacht habe. Ein Holzpferd . . .«

»Hör auf, Papa!« brüllten die Brüder im Chor.

Als Klara gegangen war, sah Lennart nachdenklich aus.

»Sie ißt alles«, sagte Arne hilfsbereit. »Das hat sie gesagt. Keine Allergien.«

»Ich überleg nur, welchen Schlips ich umbinden soll«, sagte Lennart. »Ich hab einen tollen lila Schlips in Deutschland gekauft mit lauter Eisenbahnbrücken drauf. Ob das wohl was ist?«

Bevor Eddie das Krankenhaus verlassen durfte, sollten noch zwei wichtige Sachen passieren, flüsterte Schwester Suckan ihm ins Ohr, als sie ihn weckte.

Erstens sollten er und Lennart den Arzt und die Krankengymna-stin sprechen, die ihnen zeigen würde, wie man die Medizin ein-nahm. Zweitens würde man das Bändchen an seinem Handgelenk aufschneiden, auf dem stand, daß er ein echter Patient des Kran-kenhauses war.

»Wenn man es nicht abmacht, pfeift es, wenn man zur Tür raus-geht, wie wenn Ladendiebe ein Geschäft mit unbezahlten Waren verlassen wollen«, sagte Peter.

Eddie lachte. Er fühlte sich jetzt groß und wichtig. Er verstand große Witze.

Sicherheitshalber tauchte er den Kopf in einen schaumigen, einla-denden Putzeimer, der in Zimmer Nummer 4 stand, wo die kleine lachende indische Frau putzte.

Sie kicherte, daß sie fast in den Putzeimer fiel, als sie sah, was Ed-die tat, aber Eddie schüttelte sich nur die Seifenblasen aus dem Haar und lächelte.

»Ich halt den Kopf kalt«, sagte er, »wenigstens kühl.«

»Es gibt eben verschiedene Arten Religion«, erklärte Peter der Putzfrau.

Doktor Petrus war eine Person mit Humor, das hatte Eddie von Anfang an begriffen. Trotzdem war er schwer beeindruckt, als er das Zimmer von Doktor Petrus betrat und all die Plakate sah, die an den Wänden hingen. Keine langweiligen Fotos von den Weih-nachtsfeiern der Allergiker, wie Lennart gedacht hatte. Und auch keine Fotos von süßen verbotenen Hunden mit schwarzen Kreu-zen darüber, wie Eddie sich das vorgestellt hatte.

Auf einem Plakat war ein riesenhaftes, unheimliches Monster in grüner Leuchtfarbe und sah schreckeinflößend aus. Es wäre schön gewesen, wenn sie das auf ihrer Disco haben könnten.

Doktor Petrus war Eddies Blick gefolgt.

»Milben!« sagte er. »Viele sind allergisch dagegen. Staub kann tatsächlich Asthmaanfälle auslösen.«

Lennart wurde blaß und dachte daran, wie es immer bei ihnen zu Hause aussah.

»Ist das ihre natürliche Größe?« fragte er vorsichtig.

Doktor Petrus lächelte und schüttelte den Kopf.

Gut, daß Lennart gewagt hatte zu fragen, Eddie hatte nämlich den gleichen Gedanken gehabt, sich aber nicht getraut, ihn laut auszusprechen. Vor allen Dingen hätte er sich nie mehr getraut, unters Bett zu gucken.

Dann wollte der Doktor viel über Eddie wissen. Ob er Ausschlag gehabt hatte, als er klein gewesen war. Das hatte er!

»Hausschlag?« fragte Eddie erschrocken.

»Windelausschlag hat er ja als Baby gehabt«, sagte Lennart. »Daran kann ich mich noch ganz genau erinnern.« Er war richtig stolz auf sich, daß er so gute Papaerinnerung hatte.

Erblich? Ja, die Mama der Jungen hatte keine Eier, Fisch und Birkenpollen vertragen, aber das hatte Lennart als Anstellerei abgetan. Das stelle man sich mal vor!

Eddie sollte in drei Wochen wiederkommen, in die Allergiesprechstunde. Dann würde man sehen, wie die Medizin gewirkt hatte, die er mit nach Hause bekommen würde. Und dann würde man vielleicht an seiner Haut testen, wogegen er noch allergisch war.

Jetzt mußte er nur noch zur Krankengymnastin, die ihm zeigen würde, wie er mit dem Pulverspray umgehen mußte, das er mit nach Hause bekam.

»So eine mußt du immer bei dir im Rucksack haben«, sagte der Doktor und hielt eine Spraydose hoch.

»Aber mein Rucksack ist weg«, sagte Eddie erschrocken. »Er liegt im Bus.«

»Du kriegst einen neuen«, sagte Lennart nervös. »Du kannst zwei haben.«

»Und außerdem solltet ihr euch einen Peakflow in der Apotheke kaufen«, sagte der Doktor. »Unten vorm Krankenhaus gibt's eine Apotheke. Mit dem Peakflow könnt ihr selbst kontrollieren, in welchem Zustand die Luftröhre ist und daß sie sich nicht zusammengezogen hat.«

»Was?« fragte Lennart.

»Ein PEF-Messer«, sagte Eddie beruhigend. »Solche Dinger haben wir auch auf der Station.«

»Er kostet in der Apotheke ungefähr hundertfünfzig Kronen«, sagte der Doktor.

»Dann geht es wohl nicht«, sagte Eddie schnell.

Lennart nahm ihn auf den Schoß. »Natürlich geht es«, sagte er. »Wenn wir nur *einen* Rucksack kaufen.«

Lennart sollte Fräulein Kröte auch alles (alles?) über Asthma erzählen.

»Das ist gut«, fand Eddie, »in zwei Jahren will sie nämlich aufs Land ziehen, und da gibt's eine Menge Tiere. Vielleicht kriegt sie dann auch Asthma.«

»Und am Sportunterricht soll er wie gewöhnlich teilnehmen«, sagte der Doktor, »er soll sich nur nicht zu sehr anstrengen. Dann gibt es da einen Verein, der Sommerkolonien mit Hütten am Meer und in den Bergen hat . . .«

»Danke, wir kommen schon allein zurecht«, sagte Lennart rasch.

Doktor Petrus verabschiedete sich von ihnen.

»Dann sehen wir uns also in drei Wochen«, sagte er und guckte freundlich mit seinen runden Augen durch die viereckigen Brillengläser.

»Schade, daß du jetzt nicht mehr Kamelpfleger im Zirkus werden kannst, aber dir fällt bestimmt was anderes ein.«

Lennart sah erstaunt aus, sagte aber nichts.

Sie gingen zurück zur Station und verabschiedeten sich. Eddie fühlte sich merkwürdig fremd in seinen Alltagskleidern, als ob er nicht mehr zum Krankenhaus gehörte. Peter gab ihm feierlich die Hand und sagte, Eddie sollte lieber ans Meer ziehen und Seemann werden, wenn er groß war.

»Kamele sind wirklich furchtbar staubig«, sagte er. »Und einfältig.«

Eddie lächelte, weil er nicht wußte, was einfältig bedeutet, und dann wickelte er Maxon Jonssons Glas vorsichtig in ein Handtuch (nicht in eins, das dem Krankenhaus gehörte!) und ging zu seinem Papa, der beim Lift wartete, und zwar halb im Lift, halb draußen.

»Bitte nicht die Tür blockieren«, ertönte die energische Damenstimme. Dann fügte sie ein bißchen wütender hinzu: »Das hab ich euch schon mal gesagt.«

Als sie unten in der Halle mit dem Schiff ankamen, überlegte Eddie, ob er auch nichts vergessen hatte. Die Tapferkeitsmedaille in der Tasche, das Schildkrötenglas unterm Arm. War da noch was gewesen? Ja, das war es.

»Das Schiff!«

Die Spieltherapie war geschlossen. Aber es gab noch ein ernstes Büro, in dem die oberste Spielchefin, die Christina hieß, mit ihren Papieren und Ordnern spielte.

Christina schloß die Tür auf und holte das Schiff – sie wußte genau, welches es war und wie Eddie hieß! –, und dann sagte sie »tschüs« und hatte ganz fröhliche Augen dabei.

Die Farbe war getrocknet. Es war wirklich ein hübsches Schiff, eine richtige Bark. Und es war das erste von Hunderten von Schiffen, die Eddie und sein Papa zusammen bauen würden.

»Wie soll es denn heißen?« fragte Lennart.

»Barkschiff.«

»Dann mußt du es taufen, wenn wir nach Hause kommen. Und wo willst du es taufen?«

»Im Bach, ist doch klar.«

Sie gingen an dem großen Schiff in der Eingangshalle vorbei, und im Vorbeigehen schnupperte Lennart am Tauwerk der Backbordseite.

Eddie blieb jäh stehen.

»Geh du voraus zum Laster, Papa. Ich will das Krankenhaus ganz allein verlassen.«

Instinktiv gehorchte Lennart.

Fünf Minuten später durchschritt Eddie, klein und dünn, aber mit geradem Rücken, die große Tür der Kinderklinik (und kein Alarmsignal heulte auf, das Bändchen an seinem Handgelenk war ja nicht mehr da).

Er ging zur Tür hinaus mit der Tapferkeitsmedaille in der Tasche, dem Glas in der Hand und seinem »Barkschiff« unterm Arm.

Alles war ganz leicht zu tragen.

Halt den Kopf kühl, Papa!

Die Disco sollte erst um sechs anfangen, aber schon um fünf war dort, wo Mimi wohnte, die Musik auf der Straße zu hören. »Man muß Musik zum Aufwärmen haben, wenn man die Möbel verrückt«, sagte Mimi.

»Ist ja klar«, sagte Arne und sah sie bewundernd an.

Elin hatte einen Kochtopf vom Modell Gulaschkanone aus dem »Goldenen Schwan« mitgebracht, und darin machte sie Popcorn. Oskar wurde noch mal zum »Goldenen Schwan« geschickt und sollte einige Pizzen mit Angestelltenrabatt kaufen.

»Dann haben wir ein bißchen Ruhe, wenn er weg ist«, sagte Mimi. »Er versteht wirklich nichts von Papierschlangen und so was. Das macht ihn alles so nervös.«

Sie hatten sich wahnsinnig teure Glühbirnen in verschiedenen Farben gekauft und damit die gewöhnlichen, langweiligen Glühbirnen im Wohnzimmer ersetzt. Es sah schon richtig wie auf einem Jahrmarkt aus, und es hatte nur einmal einen Kurzschluß gegeben.

Arne pumpte die Luftballons mit einer Pumpe auf und rieb sie an seinem Haar, damit sie an der Decke klebenblieben.

»Was du kannst«, sagte Elin und starrte ihn mit offenem Mund an. »Wo hast du das denn gelernt?«

»In der harten Schule des Lebens«, sagte Arne munter.

Mimi hatte im Flur einen kleinen Tisch aufgebaut. Dort sollten die Gäste zuerst zahlen, bevor sie ihre Mäntel und Jacken auszogen. Was sonst daraus geworden wäre, konnte man sich ja denken. Für das Geld hatte sie sich extra einen Schuhkarton besorgt.

»Wenn was übrigbleibt, können wir es als Preisgeld verteilen beim Tanzwettbewerb«, schlug Arne vor.

»Eine prima Idee«, sagte Mimi.

»Ich tanz ziemlich gut«, sagte Arne zufrieden.

Zehn vor sechs kamen die ersten Gäste: Krille und Maria.

»Wo sind die Würstchen?« fragte Maria. »Ich will Senf und Ketchup drauf haben.«

Arne inspizierte die Schuhe der Gäste (keine spitzen Absätze, keine Lackschuhe), und Mimi machte Riechtests unter ihren Armen.

»Kein starkes Parfüm oder Deodorant«, sagte sie. »Das ist nicht gut für Eddie. Marsch ins Badezimmer.«

Aber die Kinder rochen nur nach warmen Kindern – außer Arne.

»Du hast irgendwas an dir, Arne«, sagte Mimi vorwurfsvoll und schnüffelte an ihm.

»Jaja«, sagte Arne und wurde rot. »Aber das ist echtes Van Gils. Außerhalb jeder Konkurrenz.«

Plötzlich war es sinnlos, die Wohnungstür zuzumachen, die Gäste strömten herein.

»Echt heiße Musik!«

Das besorgte Gesicht von Lindas Mama tauchte oberhalb der Kinderköpfe im Treppenhaus auf.

»Denkt dran, nicht das Licht ausmachen und keine anderen Dummheiten!«

»Ach, hör doch auf!« sagte Jorma, der daneben stand. »Was denkst du denn, wer wir sind, wir sind doch keine Lustmolche.«

»Wir fangen sofort mit Tanzen an!« rief Mimi. »Zwei schnelle Tänze und ein Klammerblues.«

»Sind denn immer noch nicht alle da?« fragte Elin erstaunt, als es an der Tür klingelte. Sie suchte in der Küche Teller für die Pizzen zusammen. Oskar stand mitten in der Küche mit den dampfenden Kartons auf dem Arm und wartete ergeben. Nur sein zitternder Schnurrbart verriet, daß er wünschte, Elin würde die Teller endlich finden.

Es gab keine einzige Abstellfläche mehr in der kleinen Küche. Da standen Schalen mit Chips und Getränke, Beutel und Kleider lagen herum.

»Teller, Teller«, summte Elin munter vor sich hin. »Wo sind die Teller?«

Jedesmal, wenn sie ihrer Küche einen Besuch abstattete, um etwas zu erledigen, war es, als ob sie das erste Mal dort wäre. Schließlich gab sie auf und ging lieber die Tür öffnen. Draußen standen Lennart und Eddie.

Eddie war ein bißchen blaß, schoß aber voller Erwartung an Elin vorbei, warf seine Jacke von sich und lief zu den älteren Kindern hinein.

»Er scheint sich hier ja sehr zu Hause zu fühlen«, sagte Lennart verlegen.

Elin lächelte ihn an. Er sah nett und frisch aus und viel jünger, als

sie ihn in Erinnerung hatte. Früher war er immer so schlecht ge-
launt und gehetzt gewesen, wenn sie ihm begegnet war. Jetzt war
sehr deutlich zu sehen, daß er Arnes und Eddies Papa war.
Dunkle Locken und dunkle Augen wie Eddie mit einem etwas
kecken und schalkhaften Ausdruck wie Arne.

Lennart guckte auf die Uhr.

»Ist es recht, wenn ich um halb neun wiederkomme?« fragte er.
»Ich kann die Kinder, die nach Hause fahren wollen, mit dem
Laster fahren. Manche Kinder finden das lustig. Hier in der Stadt
sind sie ja mehr an herrschaftliche Volvo gewöhnt.«

Elin zögerte.

»Sicherheitsgurte sind auch drin«, fügte Lennart schnell hinzu.
»Zwei vorn, und das Auto ist gerade durch den TÜV gekommen.«

Elin lachte.

»Ich versteh nichts von Autos«, sagte sie, »außer daß sie Räder
und ein Steuer und eine Kardanwelle haben müssen.«

»Wie?« fragte Lennart. Für sein kleines Gesicht hatte Michael
Jackson eine wirklich laute Stimme.

»Also«, sagte Elin, »ich hab bloß grad überlegt, was du bis halb
neun machen willst.«

Lennart sah erstaunt aus.

»Ich fahr nach Hause«, sagte er. »Ich werf die Waschmaschine
an. Und vielleicht guck ich ein bißchen fern.«

»Willst du nicht bei uns hier im Getöse bleiben?« fragte Elin.
»Und mit Oskar und mir Pizza in der Küche essen?«

Lennart runzelte die Augenbrauen und guckte auf die Uhr, öffnete und schloß den Mund wie ein Fisch auf dem Trockenen, kratzte sich im Nacken.

Dann lächelte er sehr jungenhaft (gerade dieses Lächeln hatte niemand seit vielen Jahren gesehen), trat in den Flur, gab Elin die Hand und verbeugte sich.

»Also okay«, sagte er.

Elin ging voran in die Küche, um Oskar von den Pizzen zu befreien, die er immer noch im Arm hielt.

Lennart zog seine Boots aus (Strümpfe ohne Löcher, was für'n Glück!) und legte seine Jeansjacke auf einen Stuhl. Gerade als er mit etwas zögernden Schritten in die Küche gehen wollte, fühlte er sich beobachtet.

Sehr richtig, hinter dem Vorhang zwischen Flur und Wohnzimmer schaute ein schmales, kleines Gesicht hervor. Lennart beugte sich vor und fühlte Eddies Arme um seinen Hals. Und dann kriegte er einen Schwall warmen Atem in sein Ohr.

»Halt den Kopf kühl, Papa. Das tu ich auch immer.«